Collana Narrazioni / 1

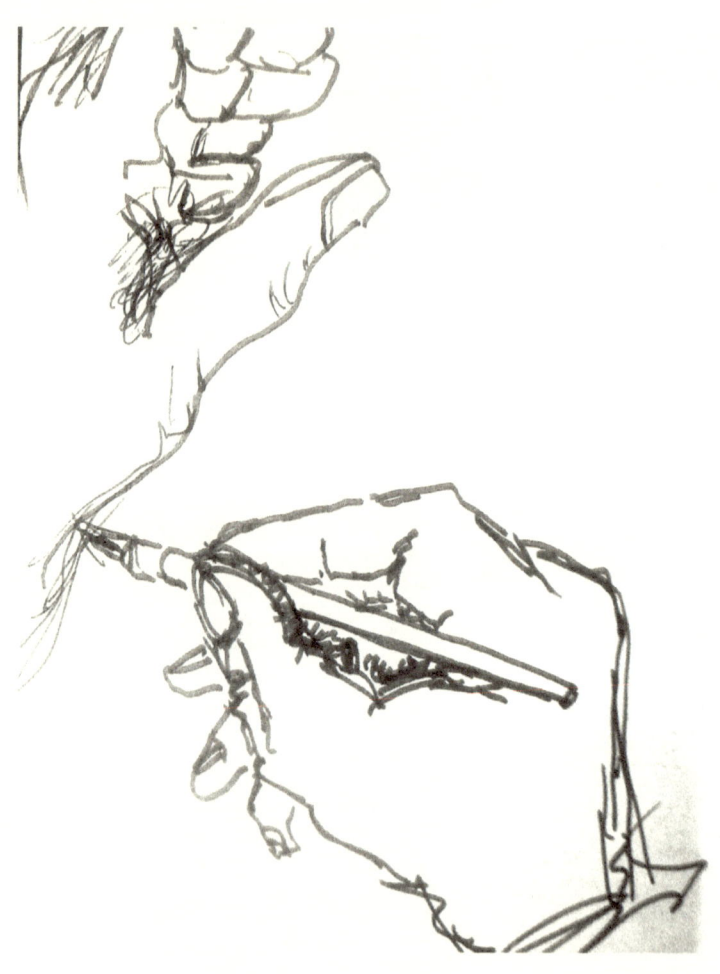

Enrico Bernard

H Y S T R Y O

Mentre a Roma fuori nevica

una narrazione

Prefazione di Maricla Boggio

Postfazione di Fortunato Campanile

BeaT

Titolo originale:
Mentre a Roma fuori nevica
pubblicato a puntate in *Corriere dello Spettacolo*
Il disegno è di Carlo Bernari

Tutti i diritti riservati
© *2019* BeaT entertainmentart
Speicherstrasse 61
9043 Trogen (Svizzera)
entertainmentart@gmx.net

ISBN PAPERBACK: 9783038411161
ISBN EBOOK: 9783038411291

"Hystryo" di Enrico Bernard, un racconto fantasioso e sognatore

Prefazione di Maricla Boggio

Subito dopo il titolo, "Hystryo" si apre con un confortante verso novenario "Mentre a Roma fuori nevica". È l'inizio di un racconto fantasioso e sognatore, in bilico fra il Kafka del "Processo" e il Dostoevskij delle "Notti bianche" di un fanciullo intellettuale incapricciatosi delle favole dei fratelli Grimm, a cui la neve fa spesso da sfondo. Qui la neve è l'elemento in cui si trova immerso il Protagonista fin dalla prima pagina, in una Roma insolita dove fontane e piazze, statue e parcheggi si nascondono dolcemente nel biancore che attenua ogni suono e scontorna ogni immagine. Perché Hystryo? Superando la duplicità della "y" che anzi ne accresce la forza, immaginiamo chi recita, ma più con i gesti che con le parole, crescendo da sé stesso a un essere più enfatico, del tutto moltiplicato nel suo esistere. Così troveremo questo protagonista che in maniera allusiva si insinua nei nostri pensieri e si fa seguire nel suo percorso che è naturale, di luoghi e di avvenimenti, ma anche percorso dell'anima, invenzione inconsapevolmente creativa ricca di sorprese e di avvenimenti inspiegabili, come avviene nei sogni, e nelle creazioni dei poeti.

Luogo di salvezza dall'invasione invadente della neve, appare all'inconsapevole protagonista – lui stesso si

5

definirà l'Ingenuo" - uno spazio soffuso di luci al fondo di una strada ben individuabile per chi conosce i teatri di Roma. Esemplare come rifugio e calore, distrazione e conforto, un teatro. Il Protagonista, che racconterà ogni cosa al presente, come se tutto accadesse in quel momento, supera questa soglia ed entra in una dimensione altra, che andrà sviluppandosi via via in un continuo soliloquio del personaggio rivolto a esprimere le sue impressioni, talvolta dialogando con chi incontra, e moltiplicando i personaggi con cui si troverà a che fare nel corso della narrazione.

Già questo primo capitolo è completo nella struttura e nella volontà di esaminare il teatro nei suoi stupori imprevedibili. Ma altri ne emergeranno dalla fantasia di Enrico Bernard, bugiardamente come tutte le affermazioni di cui è intessuto il percorso teatrale del Protagonista.

È di vero diletto seguire il racconto che si sviluppa gradualmente e a sorpresa continua mantenendosi nella sfera del teatro. Da quella prima serata di neve, in cui il Protagonista seduto in sala tutto solo, si vede poi accanto la cassierina dai conturbanti seni dondolanti, a fare da sufficienti spettatori, due sono il minimo perché si possa fare la rappresentazione. Ecco allora farsi avanti l'Istrione allampanato, un personaggio degno di apparire accanto ai rappresentanti della Commedia dell'Arte, con il suo fare da attore scavalcamontagne e il suo ripetitivo "nevvero", formula degna di un rustego goldoniano, interprete dell'Inkfuss pirandelliano in scena nel teatro, ma ben presto felice di cedere il posto da mattatore all'ignaro nostro narrante, invaso dagli applausi di un pubblico sorto dal nulla intorno a lui nel silenzio di attesa della sala.

Sarà un crescendo di invenzioni teatrali tutto il vasto sviluppo di Hystryo, dove come un tormentone riappare un nuovo personaggio ogni volta a segnare una azione del Protagonista, il Critico, il Delegato, il Produttore... perfino il Direttore Generale dello Spettacolo, che troveremo in una singolare situazione logistica. Ognuno scoprirà la sua magica natura di moltiplicazione dello stesso teatrante attraverso quel "nevvero" che gli sgorgherà a tradimento dalla bocca a rivelarne la natura e a distogliere il Protagonista dalla speranza di essersi davvero imbattuto in quel personaggio a cui intendeva fare riferimento. Così per l'invito a cena a casa del Critico, che non si sa che cosa abbia pensato dello spettacolo, avendo dato l'impressione di dormire durante la rappresentazione. E invece, all'Istrione allampanato, dirà meraviglie di quell'interprete che cade dalle nuvole nel sentirsi elogiato, al punto di venir invitato a cena dal temibile giudicatore di ogni teatrante. La fuga dalla casa del Critico con la liberatoria sosta nel giardinetto al riparo da un grazioso roseto è uno dei pezzi di maggior divertimento, naturalmente con l'accompagnamento della convinzione che quel "nevvero" sfuggito alla risata del tipo, riporti anche questo personaggio al suo mistero di moltiplicazione del suo primo. Chi sono dunque tutti questi che si profilano al nostro Ingenuo, adulandolo, circuendolo, richiedendone collaborazione in vista di lauti guadagni? Chi sono se non proiezioni multiformi di un sogno in cui campeggia il teatro, e il suo protagonista, che di teatro vive fino a quasi morirne, quando nello sforzo di esprimersi in quel palcoscenico in cui è stato sollecitato ad entrare, atteso dalla folla già conquistata da lui prima ancora di vederlo, ammutolisce e quel mutismo da incubo si fa interpretazione accolta con delirio? il gioco è al suo apice, ed è insieme critica feroce degli imbrogli moderni di tanta avanguardia, di tanti geni della raccomandazione burocratica che hanno scalzato il vero teatro. E l'invenzione si fa critica di verità attuali, di terribili attestazioni di successo acquisite dal nulla.

Ma altri momenti sono ancora più divertenti, dovrei dire però tragicomici, grotteschi e così simili al verisimile da essere in realtà veri, come noi li conosciamo. Riguardano i rapporti con il Ministero dello Spettacolo, qui cautamente chiamato MICUSPET per non incorrere in guai, le cui pratiche burocratiche superano con abbondanza le descrizioni kafkiane e purtroppo rispecchiano la realtà delle situazioni in cui si trovano i teatranti. Oltre poi alla burocrazia, c'è poi un che di diabolico, che è tratto da una realtà irriferibile in una scrittura che deve mantenersi sul tono della leggerezza e del gioco.

Come finisce questa cavalcata da tregenda fantastica, che dall'iniziale suggestione della neve passa a stagioni torride, a tempi allungati nel mistero di un passaggio di tempo, che la macchina parcheggiata al primo cader della neve dal Protagonista denuncia attraverso le innumerevoli multe che vi si stratificano nel parabrezza?

Finisce in un risveglio del Protagonista al volante della sua macchina, sollecitato da un vigile a partire per non intralciare il traffico. Il Protagonista non può che rinchiudere dentro di sé i sogni, gli incubi, i rimpianti. E partire.

HYSTRYO

I grandi ingegni vanno a salti.

L. Sterne

1.

L'inverno del duemiladodici sarà ricordato a Roma per la straordinaria nevicata che paralizzò la città gettandola nel caos più totale. Un vero e proprio inferno bianco.
Anch'io rimasi bloccato in mezzo al traffico. Ahimé! Via Nazionale si era trasformata in una pista da sci su cui macchine e autobus sembravano slalomisti ubriachi che si mettevano di traverso ostruendo il passaggio ai rari veicoli con dotazioni invernali, gomme da neve o catene di cui quasi nessun automobilista romano dispone.
Dopo una lunga attesa che si muovesse qualcosa, che arrivasse a salvarci uno spazzaneve da chissà dove e chissà come, decisi di parcheggiare in uno spazio libero a bordo strada, forse un posto riservato (ma di un'eventuale multa non era sinceramente il momento di preoccuparsi!) e di proseguire a piedi verso il centro. Fontana di Trevi sotto una copiosa nevicata, coi marmi bianchi della statua di *Oceano* del Salvi imbiancati come un iceberg e l'acqua azzurra ghiacciata della mitica fontana in cui si immerse l'altrettanto statuaria e bionda Anitona Eckerg chiamando *Marcelooo!,* ossia Mastrioianni ne *La dolce vita* di Fellini, non è uno spettacolo che si ammiri tutti i giorni. Così avevo almeno la possibilità di godermi tutta la magia dello strano fenomeno atmosferico a queste latitudini. Quindi cercai di farmi coraggio, nonostante i mocassini fossero già abbondantemente fradici e le punte dei piedi congelate. Sarei

comunque poi ripassato a riprendere la macchina quando l'emergenza si fosse prima o poi in qualche modo risolta. Compii dunque il mio giro turistico scattando qualche foto di un'insolita Roma meno chiassosa, ovattata come una metropoli americana dei film natalizi in cui il rumore di fondo del *tran-tran* quotidiano, dei colpi di clacson e delle frenate, delle sirene di polizia e ambulanze, giunge attutito da un manto bianco che aumenta a vista d'occhio come panna montata. Che spettacolo la maestosa scalinata di Trinità dei Monti a Piazza di Spagna ridotta ad una pista di bob dove alcuni allievi, figli della Roma-bene, appena sciamati dal collegio De Merode, piuttosto che seguire la disposizione della direzione di precipitarsi al riparo a casa, avevano improvvisato una gara di discesa utilizzando come slitte alcuni cartoni di una famosa boutique di via Condotti. L'incanto dei fiocchi che riempivano il cielo di candidi coriandoli lasciò improvvisamente posto nella mia immaginazione ad un pensiero meno allegro e più *politically correct*: cosa avrebbero fatto, dove sarebbero andati a ripararsi dal gelo i numerosi barboni che vagavano come spettri nel centro di Roma? Incappai in un gruppetto di questi poveri derelitti dalle gote avvinnazzate e i vestiti trasandati, carichi di scatole o pesanti valigioni legati con lo spago, bustoni, incamminarsi verso l'unica possibilità di ricovero, la Galleria initolata al grande Alberto Sordi - il protagonista di molti film capolavoro della commedia all'italiana tra cui *Un americano a Roma* - in via del Corso. *Location* che un tempo si chiamava Galleria Colonna perché affacciata sull'omonima piazza della colonna di Marco Aurelio dove sono immortalate le conquiste dell'aquila imperiale, simbolo della Roma antica. SPQR è l'acronimo scolpito nel marmo: sta per *Senatus Popolusque Romanus*, più goliardicamente trasformato da qualche buontempone, o forse dal mitico ed eterno nemico di Roma il gallico Asterix, in un beffardo *Sono Porci Questi Romani!*

De bello gallico a parte, la Città Eterna sotto la neve mi si presentava straordinariamente affascinante, insolita: che bellezza!, che splendore!, che atmosfere!, che *selfie* andavo scattandomi! Già, ma quanti problemi! Mi sovvennero così le parole dello schiavo ribelle Spartacus nel film di Kubrik: *Roma è un incubo, ma se non ci fosse io la sognerei.* Tra parentesi riandando ad epoche antiche: chissà quanta povera gente, popolani, schiavi, liberti, donne, anziani e bambini morirono di freddo in questa città che duemila anni fa attraversò un periodo climatico estremamente rigido, glaciale!

Fui improvvisamente colto da un brivido di freddo. Si era fatto rapidamente buio e la nevicata, un fenomeno atmosferico, ripeto, assolutamente eccezionale a queste latitudini, anziché diminuire si intensificava fino a diventare una tormenta in piena regola. Oltretutto si era formato uno spesso lastrone di ghiaccio a causa del brusco calo della temperatura, il che mi fece perdere ogni residua speranza di poter rimettere in moto la macchina: già la paralisi era causata da un manto di panna montata, figuriamoci con la gelata!

Da via Capo Le Case sbucai in via del Tritone che attraversai senza neppure aspettare il verde pedonale poiché, appunto, non girava più nessuno per strada: gli autobus privi di catene sembravano cetacei spiaggiati e i veicoli avevano spento i motori dopo essersi agitati invano slittando e cercando di sgusciare come sardine nella rete.... che fare dunque? Dove andare a trascorrere qualche ora al caldo in attesa, che so?, di un miracolo, di uno sprazzo di sereno? Di un miglioramento metereologico? Negozi e bar avevano chiuso in fretta e furia, non appena fu chiaro che la nevicata si stava trasformando, anzi mi correggo, si era già manifestata come una mezza catastrofe. E dico *mezza* solo perché non mi va di esagerare. Sta di fatto però che molti cittadini si erano riversati sulle strade per far ritorno a casa prima che il traffico si paralizzasse. Ma solo pochi fortunati, i primi ad evacuare per tempo il centro, avevano potuto evitare l'inferno bianco. Io come molti altri ne eravamo ormai prigioninieri! Chissà per quanto tempo.

Coraggio! A Roma, mi dissi illudendomi come un navigatore solitario sul mare in tempesta davani al Capo di Buona Speranza, la neve non può durare un'eternità! Dovrà pur smettere prima o poi! E invece la nevicata sembrava proprio non voler finire più: altro che tempesta, andava assumendo i contorni di un vero mostro metereologico degno della cima dell'Everest! C'erano dunque tutti i motivi per disperare, non dico nella salvezza, ma se non altro in un soccorso da parte di qualcuno preposto all'incolumità delle persone. Ma in una città azzoppata dalla neve, stravolta dal ghiaccio, bloccata e al collasso, impreparata ad affrontare la situazione che una qualsiasi capitale del nord Europa avrebbe risolto forse senza tanti problemi, mi sentii abbandonato al mio destino come un uomo delle caverne durante l'era glaciale!

Per fortuna, ma dirò tra poco quale fortuna beffarda si rivelò, scorsi delle luci in fondo a via della Mercede, dietro Piazza di Spagna. Beh, poteva trattarsi di un bar o di un ristorante rimasto miracolosamente aperto. Tirai un sospiro di sollievo. Un té caldo o una tazza di cioccolato bollente mi avrebbero ritemprato e in un certo qual senso reso meno pesante l'attesa. Affrettai il passo trascinando i piedi nella coltre che ormai mi arrivava quasi al ginocchio.

Grande però fu la mia delusione quando il miraggio mi si rivelò in tutta la sua triste e tetra verità: un teatro!

Che palle! Parliamoci chiaro: a me non piace il teatro, perché mi annoio. È un discorso lungo su cui preferisco sorvolare, ho i miei buoni motivi e brutti ricordi per odiarlo: ore di noia fin dai tempi del liceo quando toccava andare a rinchiudersi in qualche saletta di parrocchia per poi in classe discutere, analizzare, parafrasare l'opera di uno Shakespeare, di un Goldoni o di un Moliere. Ora per ironia della sorte proprio il tempio della Musa Melpomene mi offriva un riparo alla bufera. Data l'emergenza non mi restò che fare buon viso a cattivo gioco e mi infilai dentro il *foyer*.

Da questo momento, piccolo inciso per chi legge, preferisco passare al tempo presente in quanto la storia che segue mi ha lasciato dentro, nella psiche, segni indelebili come un film troppo cruento per gli occhi di un bambino. Quindi preferisco attualizzare la narrazione trasportando me stesso dal ricordo di quello che ho passato all'esperienza diretta, così da fare tutti partecipi del brivido che ancora mi sento scorrere lungo la pelle.

2.

La ragazza al *botteghino* alza svogliatamente lo sguardo dal
cruciverba che non riesce a terminare e mi fissa sbuf-
fando, non capisco se perché rappresento una noiosa distrazione dal suo passatempo o se va in cerca di un sugge-
rimento per le ultime caselle che le restano da riempire.
- Il contrario di Roma ? - m'interroga a bruciapelo senza
lasciarmi modo di capire. - Mi manca solo l'ultima parola
per chiudere. Il contrario di Roma, quattro lettere. -
- Ah - mi tocco la fronte - intende l'anagramma? -
- Sì, insomma la parola alla rovescia, non mi prenda per
stupida. -
- Rifletta. È semplice. -
- Sarò semplice per lei. Ma non per me che sto qui seduta
sul trespolo da due ore senza vedere anima viva. Lei è la
prima persona che vedo dall'ora di pranzo, guardi fin qui
ho fatto tutto da sola! -
- Brava - mi congratulo con un sorriso compiacente che
lei però fraintende. - Non sarà forse... *amor?* -
- Va per le spicce lei! -
- Intendevo l'anagramma di Roma che è appunto *amor.* -
- Roma... *amor*, esatto, che sciocchina a non averci
pensato prima! Quattro lettere, c'entra benissimo. -
- Certo che c'entra - mormoro sospettando che in fondo
abbia ragione a darsi della sciocchina o stupidina, certo
non mi pare una cima!
Dopo aver riempito velocemente le caselle bianche chiude
la rivista di enigmistica e finalmente si illumina con un bel

sorriso carico di soddisfazione. E, come se mi vedesse soltanto ora, mi rivolge un cordiale:

- Buonasera signore! -

Beh, avrei potuto semplicemente rispondere con un cerimonioso *buonasera a lei!* Invece mi vado a ficcare nei guai provocandola:

- Grazie del "signore"!

- Perché, non lo è? - si adombra un pochino.

- Ormai ho i capelli radi... e quei pochi rimasti, beh sono pure bianchi... quindi penso proprio di essere un trimetallico, come si diceva ai miei tempi: denti d'oro, capelli d'argento e... ci siamo capiti, di piombo! - sdrammatizzo riuscendo a farla tornare al sorriso.

- Scommetto che le piace sempre scherzare! -

- E scherzando scherzando - insinuo - dire anche qualche verità... Purtroppo l'età avanza. Uno si sente ancora pieno di forze e giovanile, ma cara signorina la prova dello specchio è impietosa. -

- Sciocchezze. Lei è un bell'uomo, non si butti via così facilmente. - Senza aspettare una risposta da parte mia, come a voler cambiare discorso senza lasciarmi il tempo di godermi la melassa che per le mie orecchie racchiudono le sue parole che potrebbero trasportarmi un po' troppo sulla scia della mia fervida immaginazione erotica, passa ad un tono professionale: - Allora, mi dica: come posso esserle utile? -

La domanda mi coglie di sorpresa. Mi guardo intorno cercando la risposta ad un quesito che comincia ad adombrarsi nella mia mente: è un teatro questo? Oppure sono capitato in una specie di casa chiusa... sì lo so,

dicono che dopo la legge Merlin sono state appunto chiuse, insomma proibite. Ma a Roma, non a caso il suo anagramma *Amor* è un inno alla gioia di vivere, non si può sapere in che portone ci si infila, magari per sbaglio. Cerco di informarmi fingendo di non avere sospetti.
- C'è spettacolo stasera? - mi limito a chiedere.
Lei mi guarda come se fossi un pesce fuor d'acqua, per un istante temo di sentirmi dire di aver sbagliato indirizzo. Invece è proprio lei ad essere stupita dalla mia domanda:
- E perché non dovrebbe esserci, scusi tanto? Se è un teatro con tanto di insegna luminosa e cartellone dovrà esserci pure uno spettacolo, no? -
Tiro un sospiro di sollievo. Niente casa chiusa, niente bordello. La fanciulla non è lì, come usava ai tempi di mio padre o forse addirittura di mio nonno, per indirizzare i clienti alle lavoratrici del sesso a secondo delle preferenze erotiche. Purtroppo per me (mi scuso, ma questo *purtroppo* mi è uscito veramente d'impulso, come uno slancio irrefrenabile del mio maschlismo che sconfina spesso ahimé nella trivialità) si tratta proprio di un noiosissimo teatro in cui si recitano polpettoni assolutamente da evitare per non cadere morti dal sonno.
- Mi ha sentito? - insiste - Perché secondo lei lo spettacolo non dovrebbe aver luogo? -
- Ma per via della neve! - penso di dire una cosa ovvia.
Lei invece aggrotta le ciglia: - Neve?
- Sì cara, fuori sta nevicando, la città è ormai paralizzata. -
- La neve a Roma! Strano, molto strano - quasi non crede alle mie parole e sbircia attraverso la vetrata dell'ingresso.

21

- Strano ma vero. Ormai saranno almeno quindici o venti centimetri... -
- Oh mio Dio - esclama d'un colpo - mi ero così distratta da non accorgermi che stava cominciando a fare sul serio! Ho visto i primi fiocchi cadere, ma pensavo che non attecchisse! -
- E invece ha attecchito, eccome se ha attecchito! -
- Chissà che casino si sarà scatenato sulle strade. -
- Non se lo immagina neppure. Per questo sono qui. -
- Per vedere il nostro spettacolo? -
- No, ad essere sincero per trovare un riparo e aspettare che passi la bufera di neve e tutto quel che ne consegue, traffico bloccato, automobili in panne, autobus che slittano a destra e manca senza catene, insomma aspettare al calduccio che si risolva la situazione - dico tutti d'un fiato quasi temendo una reazione di stizza da parte sua.
Invece niente, mi concede un altro sorriso per esprimermi comprensione: - Il teatro serve anche a questo, caro signore, a dare ricovero in tempi bui, è come una chiesa dove i mendicanti cercano di ripararsi dal freddo. -
- Quindi farete lo spettacolo? - insisto.
- Senz'altro, ci mancherebbe - mi rassicura. - Non sarà un po' di neve... Però, ammazza quanta ne sta facendo... comunque, stia pur sicuro, il carrozzone dei comici non si ferma davanti a niente. A meno che ... - e qui si blocca insinuandomi un atroce dubbio.
- A meno che cosa? - la interrogo preoccupato.
- A meno che lei sia l'unico spettatore. In questo caso dovremo ahimé rimandare la rappresentazione a data da destinarsi. Ma non si preoccupi, avrà il suo *rain check*. -

- Il mio che cosa? - non capisco, anche perché nelle lingue straniere non sono una cima.

- È un termine tecnico inglese, significa un biglietto per la prossima rappresentazione. In America si usa quando piove ad un concerto all'aperto e bisogna rimandare l'esibizione: *rain* sta per "pioggia" e *check* per... biglietto credo. O qualcosa del genere, non sono sicura. -

- Beh, allora mi dica, com'è la situazione in fatto di pubblico? -

- La situazione è che dovrà avere la pazienza di aspettare che si presenti almeno un altro spettatore. -

La questione mi incuriosisce non poco: - Per uno solo niente spettacolo e per due invece sì? Forse - insinuo maldestramente - per avere un minimo pubblico pagante così da rientrare almeno in parte con le spese? -

Sono stato cattivello, lo so. Anche il mio tono di voce ha contriubuito ad evidenziare un insopprimibile sarcasmo. Lei percepisce la mia irritazione e a sua volta s'inalbera: - No, caro signore, non è una questione di cassa, o almeno non solo di cassa. È una questione di principio. -

A parte il fatto che questo "signore" ripetuto e accentuato mi comincia a puzzare di sfottò, non mi resta che cercare di chiudere la discussione che minaccia di sfociare in un battibecco.

- Se lo dice lei... - aggiungo per chiudere il discorso. Ma lei invece non intende mollare e continua cercando di accalappiarmi come un Testimone di Geova che trova qualcuno disposto ad interloquire. Mai aprire un dialogo o cercare di convincere un Testimone di Geova! E la stessa regola, cari amici lettori, vale anche per i Teatranti che cercano solo poveri idioti (come me) disposti volenti o nolenti a starli a sentire.

Chiusa parentesi.

- Vede, se fosse cinema non avremmo di questi problemi. Parte la pellicola e chi s'è visto s'è visto. Nel buio della sala cinematografica anche un singolo spettatore solitario, perdoni il pleonasmo - uhm, penso io, il dibattito si fa complicato! - può gustarsi indisturbato il film... Ma il teatro, caro signore - e dagli con questo signore! - è un fatto, anzi mi correggo un atto sociale. E ha bisogno del pubblico che sappia di essere un pubblico, cioè una comunità riunita. E per formare questo pubblico, questa comunità, occorrono almeno due spettatori, uno è lei... poi non so. -

- Bene, allora aspetterò che ne arrivi un altro, oltre me. Però con questa situazione meteo, col traffico bloccato, sarà molto difficile che ci sia in giro qualche altro pazzo come me che decida di andare a teatro. -

- Perché pazzo? Non potrebbe essere uno qualunque che come lei va in cerca di un riparo? Mai disperare nel nostro mestiere, le sorprese, positive e negative, sono sempre dietro l'angolo! -

- Potrebbe essere, uhm... - ammetto laconicamente senza aggiungere quel *ma*... che mi resta sulla punta della lingua con i tre puntini di sopensione che rappresentano il sacrosanto dubbio.

Mi taglio del resto lingua ed evito così di pronunciare quell'ultima parolina che mi friggeva in gola e nel cuore (ripeto: che palle!); anche perché lei, intuendo ciò che vorrei e starei per per aggiungere, si alza in piedi di scatto sulle assi dello sgabello così da sovrastarmi, splendida Giunone, di un trentina di centimetri. Mi squadra dall'alto in basso in maniera così torva che mi sento come Ulisse, alias Nessuno, al cospetto di Polifemo, altro che la sensuale dea dell'Olimpo! In questo caso tuttavia sono ben più fortunato dell'eroe omerico, in quanto la grazia da Venere del Botticelli della dolce fanciulla alla cassa è inversamente proporzionale alla rozzezza del gigante mangiacristiani del capolavoro classico. Un colpo di matita nera delinea un striscia sottile sopra le palpebre per far risaltare gli occhi cupi come la pece, ma splendenti nel contrasto con la carnagione diafana. Dai miei vaghi ricordi letterari dei tempi del liceo tiro fuori la descrizione verghiana del personaggio della Lupa. Una folta criniera riccioluta, anch'essa più nera della sabbia vulcanica, le conferisce l'aspetto di un can barbone mefistofelico, ovverosia le sembianze sotto le quali il diavolo apparve al dottor Faust dopo che questi ebbe pronunciato la formula del famoso patto. Tuttavia la bocca carnosa e di fuoco come una rosa rossa appena sbocciata che si schiude in un sorriso smagliante nel suo candore rende il suo aspetto più delicato e sensuale come di creatura or ora uscita da un misterioso Eden.

Per fortuna non si accorge, o fa finta di non avvedersene, del mio sguardo magneticamente attratto dalla scanalatura dei suoi seni turgidi che mi suggeriscono l'immagine della gioia di un neonato alla prima poppata.

Chiudo anche questa breve parentesi.

- Solo un pazzo - spezzo l'incantesimo - può andare a teatro in una serata da tregenda come questa. -

25

- Addirittura tregenda! Non le sembra di esagerare? - minimizza. - Ammetto però che non ho ascoltato le notizie. È tutto il pomeriggio che sono immersa in indovinelli, cruciverba, rebus, credo di averli risolti praticamente tutti! Guardi ho finito la rivista... - così dicendo mi sventola sotto il naso un fascicoletto bianco e nero costellato di segni e parole di cui a prima vista non comprendo il senso. - Permette una domanda? - aggiunge scendendo dallo sgabello e portandosi alla mia altezza.
- Prego. -
- Lei ha detto che solo un pazzo può andare a teatro con questo tempaccio. -
- Ebbene? - mi spazientisco.
- Ebbene noi, nella fattispecie io e lei, a teatro ci siamo già. E casomai il nostro "pazzo", il nostro spettatore in arrivo - e sottolinea l'espressione virgolettando con due dita - ci verrebbe e non ci andrebbe, visto che noi ci siamo già, appunto, a teatro. Quindi il moto a luogo "andare a" dovrebbe dirsi meglio sintatticamente "venire a", cioè verso di noi. Dico bene? -
- Dice benissimo. Solo che se questo benedetto spettatore non va o non viene a teatro stasera, se ho capito bene, lo spettacolo non potrà aver luogo, nonostante ci sia io in qualità di unico spettatore pagante. Giusto? -
Annuisce. Lancio furtivamente un'altra occhiatina nella generosa scollatura tanto per rinfrescare la memoria, la dolce visione mi toglie per qualche istante il respiro. Con un colpetto di tosse, forse per schiarirsi la voce o forse per togliersi dall'imbarazzo della situazione, mi riporta al "qui

e ora" spazio-temporale, mentre fuori nevica, la città è sempre più paralizzata.

- Non si preoccupi, lui fa sempre questo effetto - mi distoglie dai miei pensieri sensuali, anzi quasi erotici ad essere sinceri, tornando dietro la cassa con un paio di passi felpati e un movimento felino delle natiche perfettamente modellate sulla forma della cassa soda, liscia e tondeggiante di un mandolino.

Lui chi? mi domando. Il seno? Il suo delizioso lato B?

- Ma a che va a pensare?! - mi rimprovera come se mi avesse letto nel pensiero. - Lui, intendo il Teatro!, fa sempre questo effetto di straniamento quando ci si va o ci si viene, insomma quando lo si frequenta per la prima volta. -

- Scusi tanto, signorina. A parte il fatto che io a teatro, non ricordo più quando, ma ci sono già andato o venuto, insomma ci sono già stato almeno un paio di volte. Ma non sono ancora entrato in sala, la rappresentazione non è cominciata, devo ancora fare il biglietto, quindi non può farmi quell'efftetto di... come lo ha chiamato? ah sì, di straniamento. Sto parlando qui con lei, davanti alla cassa o come lo chiamate voi del mestiere: il botteghino. E sono qui più per disperazione che per vedere uno spettacolo, sa? Perché ho la macchina bloccata da qualche parte là fuori, il bar all'angolo è chiuso, i marciapiedi sono impraticabili per la coltre di neve e quindi non posso raggiungere un altro locale, un cinema o un ristorante. Mi sono infilato qui dentro per puro caso, giusto perché siete aperti. E sono disposto a restarci, sempre che lo spettacolo si faccia prima o poi.

- Non si preoccupi - sospira - capirà al momento giusto. -
- Ma che cosa dovrei capire? - mi innervosisco.
- Che come dice Shakespeare ci sono molte più cose in cielo di quelle che può immaginare con la sua filosofia. -
- Io non ho nessuna filosofia - comincio a spazientirmi.-
È proprio questo il problema. Nessuna filosofia, Nessuna *Weltanschauung,* che sarebbe una visione del mondo: Niente; nulla; zero assoluto. Ma il teatro gliene darà una. Un'idea, un concetto, un'opinione. -
- Ah - ironizzo - per questo si paga il biglietto? -
- Assolutamente sì - fa lei accavallando le gambe sul trespolo così da mostrarmi uno scorcio da brivido attraverso lo squarcio del gonnellino attillato. Per non parlare degli stivali da cavallerizza che mi fanno balenare la fantasia di una furiosa cavalcata a due. Devo sforzarmi per non cedere alla tentazione della bestia interiore risvegliata da simili campanelli d'allarme che vorrebbe lanciarsi al galoppo, per dirla con una gustosa metafora.
Mi domando solo una cosa: avrà anche lei le sue brave elucubrazioni erotiche, per esempio provocarmi, oppure gestisce con tale ingenuità la carica elettrica, magnetica, del suo corpo da non intuire neppure lontanamente le scosse che provoca con quei gesti apparentemente innocenti, come mettersi la punta della matita tra le labbra, umettandola... basta così, quando è troppo è troppo, mi dirigo verso la bacheca fingendo di essere interessato ad un articolo di giornale, probabilmente una recensione dello spettacolo, appuntata con due spilli dalla testina rossa... proprio come lo smalto delle unghie lunghe e curate della ragazza.

- Che freddo! - esclama come se qualcuno avesse spalancato la porta a vetri per far entrare una ventata direttamente dal Polo.

- Certe volte qui dentro mi sembra di essere un'hawaiana in cima all'Everest... sa com'è, io amo il caldo, il dolce tepore delle lenzuola, del letto... mi capisce.? -
Eccome se la capisco, ma preferisco sorvolare.

- Un'hawaiana in cima all'Everest... che fantasia! -

- A teatro ne abbiamo tanta - si giustifica - ci serve per superare i momenti di crisi, come questo. Anche se a dire il vero la crisi per noi è uno stato normale, la quotidianità, a causa della latitanza del pubblico, la concorrenza dei media... a proposito di pubblico, chissà come sarà lo spettatore che sta per venire, cioé per arrivare. -

- Lei è ottimista. Come fa a sapere che sta - cerco la parola esatta per non ripetere la solfa dell'andare o venire - per sopraggiungere qualcuno? -
Sospira aprendo le braccia e i coni sontuosi del petto si gonfiano maestosamente a simbolo di femminilità assoluta. Sono frastornato, lo ammetto. Sono finito nel tempio di una dea!

- Me lo sento, ecco tutto. Perché, vede, sia pur limitato, sia pur ristretto, sia pur ridotto all'osso o, come nel nostro caso, allo stretto necessario, al minimo sindacale, ci sarà sempre qualcuno che viene o va a teatro. -

- Buon per voi che lo fate, il teatro, allora. -

- Ed anche per lei - insinua un concetto che non afferro subito.

- Per me? - m'incuriosisco.

- Certo, per lei. Perché se noi non riusciamo a raggiungere il numero minimo indispensabile di due spettatori per formare il pubblico, lo spettacolo non si può fare, questo lo sa già. Ma non perché non lo vogliamo noi, bensì perché senza la presenza di due cosiddetti "punti di vista", ciascuno cosciente della sua diversità dall'altro, viene a mancare l'effetto della "quarta parete" indispensabile per fare teatro. -

- E che cosa è questa "quarta parete"? Mi scusi, ma non sono del mestiere. -

- Oh mio Dio - il suo stupore è sincero - lei non sa cos'è la "quarta parete"! -

- No, dovrei scusarmi? Sono ignorante al proposito. -

- Mai sentito parlare di Stanislawskij? -

- Di Strawinskij sì, di quest'altro mi sembra di no. -

- Il più grande teorico di teatro? -

- Gliel'ho già detto che non sono del settore. -

- Scusi, ma lei che cosa fa nella vita? -

- Io? Mi arrangio come posso, come fanno tutti. -

- Sia più preciso. Che mestiere fa? -

- Sono un rappresentante di commercio. -

- Quindi fa teatro, ecco. -

- Lei mi confonde con qualcun altro, ricordo un lavoro teatrale che parla di uno che fa il mio lavoro, una storia triste. -

- *Morte di un commesso viaggiatore* di Arthur Miller. Il personaggio si chiama Willy Loman. -

- Ecco, appunto, non sono io - mi appello al suo buon senso.

- Però il Loman di Miller rappresenta anche lei. Cioé anche lui deve fare una rappresentazione per vendere i prodotti che rappresenta. Dico bene? -
- In un certo senso è così - annuisco.
- È costretto ad interpretare il ruolo dell'onesto venditore, insomma, adottare strategie di mercato, adattare le stesse alle diverse situazioni modificando il *plot,* la trama, deve comunicare, convincere, essere credibile, cioé in parte, fare delle tirate... -
- Tirate? -
- È un termine tecnico, signfica fare monologhi eccessivamente lunghi. -
- Capita anche questo, certo. -
- E avrà pure un copione da rispettare, sia pur affine alla sua attività. Le faccio un esempio. Quando tratta coi clienti sa già cosa dire in partenza, come procedere nella dimostrazione della validità del prodotto, usando parole che sono risultate convincenti in precedenza... segue dunque uno schema, ossia la drammturia, e una serie di frasi che, a furia di ripeterle, sa ormai a memoria... e queste sarebbero le battute. -
La squadro perplesso: - Questo si può dire più o meno di ogni professione, mia cara. -
- Dice bene, sa? Dalle nostre parti a noi si chiama "il gran teatro del mondo". -
- Comunque il mio è un teatro che definirei piuttosto" sui generis" - e mi ritrovo anch'io a disegnare virgolette nell'aria.
Mi fissa per qualche istante poi si catapulta di nuovo giù dal trespolo.

- Ma tornando al concetto della "quarta parete"... -
- No, la prego, mi risparmi. -
In verità voglio solo stoppare l'imminente e ammorbante disquisizione teorica, evidentemente però il mio tono di voce non risulta abbastanza perentorio. Lei avanza ancheggiando verso di me, mi punta,... mi dico: attento, ora ti salta addossa e (speriamo!) ti violenta... i miei pensieri si confondono in mare di percezioni illusorie, profumi inesistenti, aromi esotici... Invece mi schiva lasciandomi con gli occhi socchiusi in attesa del bacio della principessa e mi ritrovo a saltellarle dietro come il rospo della fiaba.

- Biricchino - la sua esclamazione mi suona da rimprovero.

Ecco, mi ha scoperto, mi ha letto nel pensiero, ho fatto una figuraccia e balbetto qualcosa per giustificarmi: - Mi è entrato qualcosa nell'occhio... non vorrei che avesse pensato male, non mi permetterei mai! -

- Ma no, cosa pensa, perché dovrei sospettare di lei, non sono così maliziosa. *Il biricchino* è il titolo dello nostro spettacolo. -

- Ne sono felice. Sono entrato in fretta e furia senza leggere il titolo del cartellone. -

- Resta il fatto però - il suo tono diventa stranamente inquisitorio - che lei abbia scambiato il titolo della commedia per un fatto personale - ciò dicendo allarga con un braccio la tenda dell'ingresso in sala per farmi accomodare. - E sa perché è potuto accadere il malinteso? Perché tra noi manca la "quarta parete" che cercavo di spiegarle. -

- Manca perché è caduta? -

- Manca perché non c'è mai stata... prego si accomodi, il suo posto è il numero sette della settima fila. L'accompagno. -

- Non ce ne è bisogno. Settima fila settimo posto. E gli altri? -

- Come gli altri? Quali altri? -

- Se mi assegna un posto e devo mettermi a sedere proprio lì, beh vuol dire che gli altri posti saranno prenotati e che devono venire altri spettatori. Mi sembra logico. -

- Le sembra logico che a Roma faccia un metro di neve? -

- Siamo già a un metro? -

- Ne cade sempre di più. -

- Quindi non verrà più nessuno? -

- Probabilmente no. -

- Quindi che facciamo? Niente spettacolo? -

- Scusi che cosa le ho detto poco fa? -

- Che per fare lo spettacolo, cioé per ottenere l'effetto della "quarta parete" servono almeno due spettatori in sala. -

- Bravo. -

- Ma io sono uno solo - obietto.

- Ed io secondo lei che ci sto a fare? -

- La cassiera al botteghino? -

- Acqua - fa lei col tono di chi vuole giocare a *indovina-indovinello*.

- La mascherina che porta la gente ai posti? -

- Acqua - ripete.

- La dama di compagnia? - provoco.

- Fuochino - ammette lei sedendosi accanto a me.

Il profumo di femmina, un misto di sudore dolciastro e qualche essenza di marca, mi fa salire di nuovo il sangue alla testa e mi accendo anch'io nel ripetere stupidamente quel termine come una formula magica: - Già, fuochino, ma fuochino cosa? -

- Non sarò la sua dama di compagnia, ma posso sempre aiutarla a stabilire un giusto rapporto tra lei, la realtà rappresentata e la rappresentazione della realtà. -

- Cos'è, uno scherzo? Mi vuole prendere in giro? -

- Al contrario - osserva con convinzione - voglio prenderla sul serio, per questo mi siedo accanto a lei venendo a formare la triangolazione necessaria per suscitare l'effetto teatro della... me lo dica lei. -

- .... della "quarta parete" - ripeto la lezioncina di pocanzi.

- Bravo! -

Prima ancora che possa ringraziare o contraccambiare l'apprezzamento che si spengono le luci e si sente volare nell'aria un *sssst!* non saprei pronunciato da chi, se non da uno spettatore fantasma. Mistero! Arcana presenza! O piuttosto da qualcuno che si sta preparando ad entrare in scena. Infatti il sipario di stoffa rossa lentamente si apre e svela una scena estremamente povera, null'altro che una sedia, anzi un trespolo... ma è lo stesso trespolo, insomma lo sgabello su cui era seduta lei, la ragazza che ora mi siede accanto e che spalanca gli occhi e apre la bocca incantata, chissà perché, come se stesse assistendo ad una qualche mirabilia della scenotecnica.

A questo punto però mi arriva la sorpresa come un pugno nello stomaco. Ecco, entra in scena un signore, ma non un signore qualsiasi, accidenti, lo riconosco: quel signore dai modi impacciati e titubanti sono io e... altra soprpresa dall'uovo di Pasqua di questo teatro, dall'altra parte delle quinte entra in scena una donna giovane, la stessa ragazza che mi sta seduta accanto: la cassiera! Siamo, anzi sono quei due sul palco simili a me e alla ragazza che mi siede accanto, entrambi vestiti nello stesso modo, parlottano del più e del meno. Sussurrano qualcosa, qualche parola mi giunge all'orecchio come "quarta parete", spettatore, spettacolo, teatro, neve, tanta neve. Poi la ragazza fa accomodare il signore, che sarei io, in un'altra sala teatrale che si apre come per un magico gioco di scatole cinesi in un altro teatro uguale a quello in cui mi trovo. Si siedono esattamente alla settima fila, posti numero sette e otto. Mentre sul palcoscenico dell'altro teatro entra in scena un terzo signore uguale al secondo che è uguale al primo, che poi sarei io. Quindi una ragazza uguale, neanche a dirlo, alle precedenti. Compiono le stesse azioni, gli stessi gesti, entrano a loro volta in un altro teatro.

E diventano, cioè diventiamo tutti insieme infiniti spettatori di infiniti teatri come tanti fiocchi di neve.

Adesso mi spiego perché avevo deciso di non mettere mai più piede in un teatro! Oltretutto mi fa uno strano effetto...

3.

- Si sente bene? -

La voce preoccupata della ragazza mi risveglia da un torpore che mi ha invaso il corpo paralizzandomi come un ciocco di legno. Mi scuoto per scrollarmi di dosso i residui di quello che va pur chiamato col suo nome: sonnolenza. È questo infatti il deprimente effetto che mi fa il teatro: soffro di appisolamento cronico quando sento una voce che declama o, per meglio dire in tutta sincerità e senza offesa per nessuno, che abbaia alla luna! Naturalmente mi tengo il pensiero per me e cerco di cavarmi dall'imbarazzo con la prima scusa che mi viene in mente:

- Non so... non ricordo... dove siamo? -

Mi aspetto una risposta pacata e gentile dalla mia dolce accompagnatrice, senonché dal palcoscenico odo tuonare una voce che ce l'ha con me, sì proprio con me:

- Siamo in teatro, caro signore, non se ne è accorto? -

Alzo lo sguardo e quasi mi viene un colpo notando un gigante Allampanato con indosso un pastrano alla fratelli Karamazov (o tipo *L'imbecille* di Dostjevskji, ma in tal caso l'imbecille di turno sarei io!) che lancia fuoco e fiamme dagli occhi e biascica parole che comprendo a stento, probabilmente insulti in un qualche dialetto ostrogoto, padano, comunque del nord. In piedi sul palcoscenico davanti a me, povero spettatore quasi accartocciato dallo spavento in una poltrona di prima fila, sembra volermi mangiare in testa usando il mio cranio come scodella.

- Ce l'ha con me? - chiedo ingenuamente.
- Con chi altri sennò? - ironizza coinvolgendo con un ampio segno della mano tutto il pubblico che, probabilmente mentre io ronfavo, ha gremito il teatro. - Non vede che gli altri spettatori sono attenti e silenziosi, a differenza di come si sta comportando lei? -
 - Quante storie! Ho solo schiacciato un pisolino... -
Non l'avessi mai prounciata la parola *pisolino!,* solo a sentirla nominare manda un urlo come una bestia ferita a morte e comincia a saltare preso da un incontenibile accesso di collera.
- Pisolino, lei lo chiama pisolino! Robb de' matt', caro signore - e traduce - roba da matti! -
Cerco di giustificarmi asserendo di aver solo chiuso per un attimo gli occhi, tutto qui. Che male c'è? Ma invece di calmarlo, pare che le mie parole provochino in lui un ulteriore scatto d'ira. Tempesta il pavimento di pedate e si sbottona il pastrano per farlo cadere goffamente sul proscenio.
- Ecco, vede? - mi sussurra la ragazza intimorita - Lo ha costretto a calarsi la maschera, a farla cadere insomma... ad uscire dal suo personaggio... -
- Io? - mi stupisco.
- Sì lei, proprio lei, col suo comportamento assolutamente inammissibile. Perché sa cosa ha fatto? Lo vuole davvero sapere? Glielo dico io: lei ha rotto l'incantesimo, spezzato il flusso catartico tra la *dramatis persona* e il medium della catarsi tra pubblico e actor... -
- Scusi, ma non capisco niente di quel che sta dicendo - comincio veramente a spazientirmi.

- E ci credo - insiste l'Allampanato dal palco - che non capisce niente, l'ho capito anch'io che lei non capisce un accidente di arte drammatica! Ma dico io, come si fa ad andare a teatro senza un minimo di cultura teatrale, senza un briciolo di preparazione, senza... senza un cazzo, scusandomi per il francesismo! -

- Oh insomma - lo interrompo finalmente deciso a far sentire le mie ragioni - lei mi sta proprio scocciando. E se lo vuole sapere è da un po' di tempo che dura questa scocciatura, insomma, sì, da quando ha cominciato a recitare provocandomi ahimé non brividi catartici, ma un calar di palpebra irresistibile. Lei è noioso, spara pistolotti da maestrino di terza media, di tutto quello che ha profferito non mi è rimasta in mente una sola parola! -

Sento che la ragazza seduta accanto a me trattiene il respiro tremando in attesa della reazione dell'Istrione Allampanato sul palcoscenico. Il quale invece, con mia sorpresa confesso, perché anch'io mi sarei piuttosto aspettato il putiferio da parte sua, sembra quietarsi e si rivolge urbi et orbi come un papa Re, a tutti gli astanti.

- Ecco signori, avete innanzi a voi il classico esempio dello spettatore indisciplinato e impreparato che costringe gli attori ad interrompere la recita a causa del suo comportamento indecoroso. -

- Ma non dica sciocchezze - questa volta a scaldarmi sono io - non ho fatto niente di tutto questo, solo un leggero colpo di sonno, tutto qui, per altro passeggero. -

- Signori miei - continua imperterrito a rivolgersi agli spettatori che silenziosi e atterriti mi scrutano come se fossi una bestia rara in un circo equestre - lo abbiamo

sentito tutti, nevvero?, questo signore, russare come
Polifemo dopo essersi pappato i marinai di Ulisse. E come
se non bastasse all'aspirazione gutturale del suo ronfare
aggiungeva, questo signore, nevvero?, un ben poco nobile
spiffero nasale di espirazione che si avvicinava alle note
alte di un sibilo, cioè di un fischio! Così... - e si mette a
ragliare e a fischiare cercando di imitarmi, per poi tornare
a rivolgersi a me: - Le sembra solo un pisolino questo?
Questo è il motore di un *Messerschmidt* in picchiata, caro il
mio signore, nevvero? E come se non bastasse, sottolineo
il "come se non bastasse", lei si è pure seduto in prima fila
ed è venuto a spalancarmi sotto gli occhi la sua orrida
cavità orale, uno spettacolo devastante e assolutamente
annichilente per un commediante alle prese con la
concentrazione mimica. -
Scorgo con la coda degli occhi che tutta la sala mi
commisera annuendo alle accuse e all'anatema lanciantemi
dell'Istrione Allampanato. La sala sembra così essersi trasformata in un'aula di tribunale dove un presunto stupra-
tore dovrebbe essere giudicato da una giuria di sole ap-
partenenti al sesso debole. Le quali lo condannerebbero
senza via di scampo e senza attenuanti per il solo fatto di
appartenere al sesso opposto, corresponsabile di genere e
maschiaccio impunito dunque, anche se individualmente e
personalmente innocente nella fattispecie del reato
ascrittogli.
- Beh - provo a difendermi dalla requisitoria del mio
Pubblico Ministero - la signorina che mi ha gentilmente
accompagnato alla poltrona e che ora siede qui vicino a

me, avrebbe potuto darmi un colpetto col gomito per svegliarmi, no? -

- E lo ha fatto, caro signore, eccome se lo ha fatto. Un colpo, due colpi, tre colpi, ma lei niente, ha continuato a ronfare e a fischiare, urca! a fischiare e a russare disturbando la recita fino al punto che, mi spiace per gli altri spettatori, io non ne ho potuto proprio più. E sono stato costretto a fermarmi. -

La signorina a questo punto rompe il silenzio e cerca di spiegarmi bene la situazione:

- Caro signore, il teatro è uno spazio di libertà. Un luogo dove uomini vivi parlano ad altri uomini vivi. Una delle poche "assemblee laiche" che la nostra società ancora possiede e che protegge, da secoli, con poche semplici regole. La prima e la più importante di tutte è, secondo me, da ricercarsi nel rispetto reciproco che attore e spettatore tacitamente si accordano nello scegliere liberamente di condividerne l'esperienza. Il teatro è un luogo dove il dissenso è ancora possibile, per fortuna, e dove, per universale convenzione, esso si esprime al termine di una rappresentazione, si tratti di uno spettacolo, di un concerto, di un'opera, di un film. Convenzione che tuttavia non impedisce a nessuno di anticiparne gli esiti, cioè di alzarsi e andare via (chiedendo anche un eventuale rimborso del biglietto comprato) se ciò che viene mostrato sulla scena sia palesemente in contrasto con le proprie aspettative, credenze, ideologie, gusti. Il teatro è uno spazio di libertà. Siamo d'accordo su questo? -

- Faccia un po' lei - scuoto le spalle.

- Benissimo. Ma allora è un gesto di libertà, seppure doloroso, anche quello di un attore che si veda costretto ad interrompere una recita per difendere il suo lavoro ed il pubblico da chi tutto questo evidentemente lo ignori, o consapevolmente decida di non tenerlo in considerazione. Se una persona sceglie di assistere ad uno spettacolo che annuncia, dal programma di sala, dai comunicati stampa, dalle interviste, dai post sui differenti canali social, il suo argomento nella messa in scena di sette lezioni di teatro effettuate nel 1940 dal grande attore francese Louis Jouvet sul monologo di Donna Elvira nel quarto atto del Don Giovanni di Molière, ci si immagina che sappia bene cosa aspettarsi nel momento in cui acquisti il suo titolo di ingresso. Eppure, ripeto, la sua libertà ancora persiste nella possibilità di andare via, di riprendere il suo denaro così "incautamente" speso, laddove quanto mostrato sulla scena non incontri il suo gusto o deluda le sue aspettative. -

- Ah davvero? Ebbene sappia, cara signorina, che me ne andrei volentieri via da questa gabbia di matti, se solo potessi, se solo smettese di fare il tempo che fa! Invece no, mi tocca star rintanato qui dentro a farmi pure prendere in giro da questa specie di circo equestre con tanto di domatore che mi scudiscia per farmi saltare sulla seggiola come uno scimpanzè ammaestrato, uffa! -

La mia rimostranza tuttavia non sortisce alcun effetto. Anzi, non mi dà retta e prosegue imperterrita con un sorrisino ironico dipinto sulle labbra, come se si aspettasse la mia veemente reazione e fosse già pronta a parare il colpo irridendomi, la perfida!

41

- Mi lasci finire, poi dirà la sua. -

- L'ho già detta, cara signorina, e Paganini, se permette, sa che fa Paganini? -

- Lo so, non ripete. -

- Allora, visto che lo sa già, mi lasci in pace, non sono il vostro zimbello ma uno spettatore pagante che avrà pure i suoi diritti, ci sarà da qualche parte scritta una carta dei diritti dello spettatore che mantiene il suo libero arbitrio e libertà di giudizio quando lo spettacolo lo fa addormentare di sasso! -

- Nessuno contesta i suoi diritti, ma le faccio presente i suoi doveri. -

- E quali sarebbero i miei doveri secondo lei? Quelli di dover sempre abbozzare, come si dice a Roma, ossia, traduco per chi è forestiero, digerire tutto senza reagire? -

Prende fiato gonfiando il turgido petto che, per la famosa legge del contrappasso dantesco, lo leva a me, il fiato. Resto allora a bocca aperta come un merluzzo, con lo sguardo fisso nella scanalatura che mi ricorda la valle dell'Eden, come se fossi Adamo al cospetto della nuda Eva con tanto di mela mozzicata (altro romanismo degno di Rugantino!) in mano. Eh sì, in effetti pendo dalle sue labbra... metaforicamente parlando s'intende, poiché in tutta sincerità ammetto che non sono le labbra ad attrarmi come il miele, ma i seni prosperosi che mi offre con maliziosa ingenuità, tutta furbizia femminile, proprio come si adoperò la prima peccatrice col primo fessacchiotto pronto a farsi incastrare nella storia dell'umanità di cui trattano le Sacre Scritture!

- Diritti, libertà va cercando lei! - mi scuoto dalla celestial immagine.

Sono talmente imbambolato dalla dolce visione di questa dulcinea scollacciata che per un attimo intepreto le sue parole come un invito a prendermele io qualche libertà. E tento di allungare la mano, ma vengo bloccato dalla doccia gelata che mi riserva l'amaro destino. Infatti la fanciulla insiste non dando alcun peso o significato al mio lento scivolare sulla poltroncina verso le sue ginocchia. E prosegue come un treno in corsa.

- Non è libertà, all'opposto, ma segno palese di maleducazione e di mancanza di rispetto per i propri simili, sulla scena come in platea, restare seduti al proprio posto, addirittura in prima fila, praticamente "nelle braccia e sotto gli occhi" degli attori , e compiere per tutto il tempo azioni inadeguate, scortesi e finanche crudeli come sbuffare vistosamente, rivolgere espressioni di disgusto all'indirizzo degli interpreti, o cercare più volte il telefonino nella borsa per leggere l'ennesimo post. Ma la reazione del Nostro, da Grande Attore, non è stata immediata: ha resistito, per così dire, fino alla sesta lezione (delle sette annunciate dal testo) per poi chiederle, con garbata fermezza, di accomodarsi fuori "non ho niente contro di lei, ma se questo spettacolo non le piace, come ci sta dimostrando sin dalle prime battute, può andare via". Parole che sono state poi sottolineate da un applauso convinto del pubblico evidentemente testimone consapevole come la sottoscritta di quanto accaduto. -

- Finita la pappardella? - Sì? beh ora mi scateno io un bel po' deluso dall'andazzo delle cose. - Sappia signorina che

il suo è un commento fazioso e di parte. Se uno spettatore applaude o manifesta il proprio sostegno, allora va
bene. In caso contrario si grida alla lesa maestà. In quanto
alla sua affermazione relativa al Grande Attore, ebbene da
grande professionista quale è avrebbe dovuto passarci
sopra ed andare oltre, invece di stare lì a contarmi le carie
in bocca! -
Chiamato di nuovo in causa l'Istrione Allampanato si
sente in dovere di tornare alla carica. Potevo starmi zitto
e proseguire il tenero *tête-à-tête* con la mia vicina di poltrona. Che rompiscatole!
- Ma qui non si tratta di lesa maestà e mi deve consen-
tire una replica. -
- Niente da fare! - mi innervosisco. - Lei pensi solo a
recitare, non a ribattere agli spettatori battuta su battuta. -
- Lo abbiamo visto tutti, caro signore, come affondava le
palle degli occhi nella scanalatura di quella povera ragazza
che le siede accanto! E stava anche per allungare la mano
sulle sue ginocchia! -
- Quando mai - nego tutto, anche se so che in fondo non
è che sia andato molto lontano dalla verità. - Lei è solo un
Istrione che pontifica dal palcoscenico, ma smetterà di
pontificare quando scenderà da lassù. -
- E chi mi farà smettere, di grazia, lei? Ma se non ha
neppure il coraggio di portare a buon fine le sue *avances*,
come pensa di poter mettermi nel sacco, eh? Sentiamo. -
- Macché avances... lei è un Istrione Allampanato e maleducato, ecco. -
A questo punto in sala si sente un brusio, si teme il
peggio. Verremo alle mani? Forse sì, forse ci saremmo

azzuffati davvero, io e l'Istrione Allampanato: o sarei salito io sul palco per mollargli un ceffone o sarebbe sceso lui per appioppare una sberla a me. Occhio per occhio e dente per dente. Ma, mi chiedo, vale la pena fare a botte? Allora cerco un escamotage per tirarmi fuori dal conflitto senza dare l'idea di battere in ritirata per paura dello scontro fisico.

- Ringrazi il gentil sesso presente in sala ... e la signorina che ha la bontà di accompagnarmi in questa disastrosa serata... e mi taccio... -

- Fa bene a tacersi, farò anch'io altrettanto, cafone! - dice quasi sussurrando la sua ultima offesa.

- Screanzato! - ribadisco colpo su colpo ma anch'io a voce sempre più bassa come un tuono che si affievolisce con la distanza man mano che la tempesta si allontana.

La ragazza prova a riportare la quiete.

- Io le porto rispetto... però, mi creda il Nostro non è un cafone, non ha bisogno di sguardi languidi nè di notorietà. È già accaduto in passato che sia stato oggetto di sgradevolissimi attacchi privi di ogni fondamento e questo giustifica un poco la mia risposta. Nulla contro di lei, ci mancherebbe, però... -

- Però che cosa, si può sapere? - torno ad irrigidirmi.

La signorina resta calma, si scambia uno sguardo d'intesa con l'Istrione Allampanato che si siede sul bordo del palcoscenico con le gambe penzoloni come se volesse dar vita ad un sit in di protesta o ad una forma di discussione collettiva.

- Vogliamo sentire che cosa ne pensano gli altri? -

- Gli altri chi? Chi sono gli altri? -

- Gli altri spettatori, caro signore. Avranno pure diritto di dire la loro visto che, per colpa sua, sono stato costretto ad interrompere lo spettacolo. -

- Senta, prima di tutto mi risparmi il "caro signore" che mi puzza tanto di presa per i fondelli. Quanto a questi fantomatici "altri", io non so proprio da dove sbuchino fuori. Quando sono arrivato non c'erano, no!... e non sono neppure entrati con me in sala. Anzi, adesso che ci penso non c'era nessuno, tranne ovviamente il sottoscritto e la gentile signorina, ad occupare le poltrone quando è cominciato lo spettacolo. Che altrimenti senza noi due per la legge, quella lì, come si chiama, della quarta...

- Parete, la quarta parete - precisa la signorina tutta orgogliosa che mi ricordi qualcosa della sua lezioncina.

- Esatto, la legge di quel tale, Stravinskij... -

- No, Stanislawskij - mi corregge.

- Appunto, secondo la quale occorrono almeno due spettatori affinché.... affinché il teatro faccia il suo effetto. Giusto? -

- Abbastanza - mi promuove un po' generosamente la signorina.

Ma l'Istrione Allampanato, come il presidente di una commissione d'esami, scuote la testa.

- Quindi si starà chiedendo da dove diavolo sono saltati fuori gli altri spettatori, scommetto, il cosiddetto pubblico, nevvero? -

- Appunto - mi limito a dire.

- Ebbene lei deve essersi addormentato nel momento in cui, spente le luci di sala, si sono accomodati tutti quanti silenziosamente ai loro posti senza disturbare la rappresentazione. -

- Ah, è così? Loro si sarebbero "accomodati" come dice lei a spettacolo iniziato e poi il disturbatore seriale della serata sarei io che a teatro, sia detto per l'inciso, non ci volevo neppure venire. -

- E che cosa l'ha costretta, caro signore, a venire? -

Se il mento dell'Istrione fosse più a portata di mano gli tirerei un bel cazzotto sul grugno incipriato per l'ironico "caro" che allega al "signore" che sa più di epiteto che di riguardo!

- La neve, sono entrato a causa della neve, accidenti, la signorina qui presente mi è testimone! -

- Sì, è vero - mi concede la mia vicina di poltrona - il signore è entrato per via della neve.-

- Neve? Che neve? - si stupisce l'Istrione Allampanato fingendo di non sapere ciò che sta succedendo fuori da questo maledetto teatro.

- Sta nevicando come Dio comanda, signor Istrione! - lo provoco.

Lui invece mantiene la calma, ha capito che mi infastidisce più con questo atteggiamento di superiorità che buttandola in rissa: - Neve? Nevica a Roma? State scherzando? -

- Ma no, è tutto bloccato, per questo sono qui anche se non amo il teatro. -

- Già - prosegue imperterrito - non lo ama, però se ne serve. -

- Come riparo momentaneo, fosse un bar o un ristorante sarebbe meglio, mi creda. -

- Certo, dicono sempre tutti così, poi vanno a teatro. Si addormentano, un po' per la stanchezza alla fine di una giornata di lavoro, sto citando Hinkfuss... -
- Chi? - sbotto.
Mi sento addosso una molteplicità di sguardi scandalizzati.
- Come - si stupisce la signorina - non sa chi sia Hinkfuss? Il direttore del teatro di Questa sera si recita a soggetto di Luigi Pirandello? -
- Non ho il piacere - taglio corto.
- Allora non sa che noi stasera qui si sta mettendo in scena proprio il capolavoro pirandelliano che ha per protagonista il direttore Hinkfuss? -
- Assolutamente no, non so niente di quello che recitate, la signorina mi è testimone, sono entrato per caso solo perché avevo i piedi fradici, il traffico era bloccato e non potevo aspettare al freddo che la situazione si normalizzasse! Tutto qui. -
Tutto qui? Neanche per sogno. L'Istrione Allampanato fa una smorfia e un gesto con la mano per sottolineare il suo disappunto per la mia somma, a suo avviso, ignoranza: ahi ahi ahi!
- Sappia comunque che io stavo recitando per l'appunto il monologo del direttore Hinkfuss da Questa sera si recita a soggetto laddove Pirandello fa dire al suo personaggio... - si schiarisce la voce - Gli spettatori, dopo una giornata di cure gravose e affannose faccende, angustie e travagli d'ogni genere, la sera , a teatro, vogliono divertirsi. -
- Divertirsi, a teatro e con questa roba? Figuriamoci! - insisto nel battibecco. - Se non fosse per le condizioni atmosferiche e la coltre bianca che paralizza la città mi sarei

scelto ben altro divertimento, che so?, una bella abboffata di spaghetti, quattro salti in discoteca, una sbronza in un bar, un bordello... ma niente, hanno chiuso tutti, chi per neve, parlando di locali pubblici, chi per legge riferendomi ai luoghi del piacere... - arrossisco ma per fortuna le luci sono basse in platea e nessuno nota il mio colorito.

Solo l'Istrione Allampanato si accorge del mio momento di debolezza e allora cerca di formare una santa alleanza contro di me.

- A questo punto vorrei proprio sapere che ne pensano i presenti, prego, prego, possono lorsignori intervenire liberamente mentre io cerco di ritrovare la necessaria concentrazione... -

Davvero mi tocca subire una sorta di processo pubblico? Vorrei alzarmi ed andarmene, ma dove? Quando nevica a Roma, si sa, è un disastro, la città non è attrezzata per fronteggiare simili emergenze. Alzarsi e andarsene, facile a dirsi. Ma per quanto tempo poi mi toccherà battere il marciapiede come una passeggiatrice infreddolita in una nottata in cui sono spariti i clienti? Allora mi dò una calmata e decido di assistere a questo... ma sì, chiamiamolo col suo nome, teatrino! Alle mie spalle qualcuno comincia il sermone.

- Ci sono persone che non sanno neanche dove si trovano. Succede a teatro a cinema, ovunque continuamente. È una mancanza di rispetto dilagante per chi sta lavorando al di là del valore della rappresentazione. Una volta assistevo ad uno spettacolo dello stesso attore: una *signora* ripeteva ad alta voce tutte le letture. Ha infastidito me, figuriamoci l'attore!

Mi volto per guardare bene in faccia questo imbecille che parla a vanvera: che c'entro io con quella signora? Ma il tizio che ha appena parlato ha già rimesso il sedere sulla poltrona e si nasconde dietro le facce anonime degli altri spettatori che non battono ciglio. Mentre cerco comunque di individuarlo nella folla, magari da un tremore o da uno sguardo, ecco esplodere un'altra voce dalla parte opposta dalla quale mi sono voltato.

- Una delle ragioni per cui non vado più né al cinema né a teatro. Pare che si diano appuntamento pe' me rompere 'o cazz a me! Una volta, la più clamorosa, al Teatro delle Passioni di Modena, un pazzo furioso mi ha recitato dietro la nuca tutto, dico TUTTO il copione di *Finale di Partita* anticipando gli attori. Che dovevo fare? Mollargli un pugno? Poi il pazzo sarei stato io... -

Mostrati, fatti vedere, cretinetti! ringhio dentro di me voltandomi come un cane che si sente circondato da un branco di lupi, ma niente, anche in questo caso la "voce" resta senza un volto tornando a sprofondarsi nell'anonimato. Non faccio in tempo a esternare il mio disappunto che ancora a un'altra voce si unice al coro. Che seccatura!

- Sono assolutamente d'accordo. Questi comportamenti disturbano in primis gli altri spettatori, che hanno tutto il diritto di seguire lo spettacolo in santa pace, senza dover subire sbadigli o farsi sparare in faccia la luce dei telefonini altrui!

E un'altra ancora: - La maleducazione va combattuta. Scommetto sia dispiaciuto prima di tutti all'attore. Sì, avrà bestemmiato pure dentro di sé. Per altri versi e in altri

tempi avrebbe soprasseduto e sicuramente lo ha già fatto.
Però, immagino, che prima o poi la zampogna salta... -
E se saltasse a me, porco cane? Ma anche in questo fran-
gente non sono fortunato ad individuare l'autore del-
l'esternazione. - Io sono d'accordo. Per me il teatro è una
cosa seria e seriamente va preso, con rispetto per chi
lavora e per chi partecipa come pubblico. Vorrei vedere
cosa farebbe quella *signora* se mentre stesse parlando di
qualcosa a cui tiene tanto il suo interlocutore sbadigliasse
e leggesse i messaggi sul cellulare. Se fossi stata presente le
avrei chiesto di smettere...
E ci si mettono anche lespettatrici a rompermi l'anima:
- D'accordissimo. Questa ormai totale assenza di rispetto,
cura ed attenzione da parte di alcuni individui verso altri, è
disgustosa! Mai mai mai dimenticarsi dei propri diritti e
dei propri doveri.-
Ormai è un fiume di interventi, inutile scomporsi, decido
di farmi scivolare tutto addosso.
 - Maleducazione, uso compulsivo dello smartphone, capacità di attenzione e concentrazione quasi azzerati. Questa è la cifra dei tempi attuali che alla complessità del
pensiero ha sostituito elementari bisogni.
Interviene anche il critico del quotidiano nazionale che
non può astenersi, una volta tanto, dal dire la sua.
- Come si evince da una mia recente recensione, gli spettatori del Bellini ci hanno rovinato lo spettacolo alcune
settimane fa. Commenti ad alta voce durante le scene di
nudo, telefonini, etc. Alle nostre rimostranze, lo staff ha
risposto che si sentiva impotente al cospetto di una prassi
sempre più frequente. -

Un altro commento è in russo, non lo capisco, qualche spia venuta dal freddo? Ma tanto so già cosa sta dicendo senza bisogno che mi si traduca.

Tuttavia è immancabile il classico spettatore saputone che sa anche il russo e che capisce sempre tutto prima degli altri, così si presta gentilmente a farmi da interprete.

- Si è fatto benissimo, dice il signore russo, a sottolineare la maleducazione del pubblico che ormai con i cellulari disturba in teatro, in maniera imbarazzante. Esempio, molti abbassano il volume lasciando la luce accesa a spettacolo iniziato e quello seduto dietro legge i suoi *sms*. -

A questo punto le voci, i commenti e le opinioni si moltiplicano, rimbalzano in sala, piovono da tutte le parti. Mi tappo le orecchie stringendomi la testa così forte tra le mani che mi sembra di far schizzare fuori il cervello: basta, non ne posso più!

Mi metto ad urlare: mi avete rotto le scatole, andate a farvi fottere! Tutti mi guardano, sorridono, ce l'hanno con me?

L'Istrione Allampanato non si fa sfuggire l'occasione di lanciare l'ennesima frecciatina al mio indirizzo:

- Una crisi di nervi? Dobbiamo chiamare la Croce Verde, quella dei pazzi che non si tengono? -

- La chiami pure, me ne frego - lo apostrofo. - Tanto con la neve che fa, sfido io, arriverà quando mi sarò arrampicato sul sipario e mi sarò dondolato attaccato al lampadario. -

La signorina invece di prendermi sul serio scoppia a ridere e batte le mani al mio indirizzo: - Bravo! -

E tutto il pubblico la segue nel plauso: bene, bravo, bis!

L'Istrione Allampanato invece si aggira nervosamente sul palco, raccoglie il pastrano che aveva gettato in terra per uscire dal suo personaggio e mi guarda con sospetto, è sicuramente geloso del mio inaspettato successo. Non sapevo in effetti di saper recitare così bene, anche se mi chiedo: ma sto veramente recitando o faccio sul serio? Fatto stato che impacciato sì, ma col piglio di un vero professionista, ringrazio l'uditorio con un lieve cenno del capo.

- Dove ha imparato a recitare così bene? - è il terzo grado dell'Istrione Allampanato.

- Non saprei, in verità non l'ho mai fatto, cioè ho fatto quello che si fa nella vita di tutti i giorni quando ci si incazza, tutto qui... -

- Dica piuttosto: quando ci si cala una maschera sul viso, si gira la corda pazza e si lascia cadere il *pupo*... -

- Più o meno - sussurro anche se non so di che parla.

- Pirandello, dunque, come volevasi dimostrare. Ha letto *Uno, nessuno e centomila* per caso? -

- No guardi signor Istrione, io leggo solo il quotidiano sportivo, non sono un letterato. -

- Comunque lei il teatro ce lo ha nel sangue, caro signore! - sentenzia.

- Io? - sono sbigottito. - Ma se le ho appena detto che leggo solo lo sport! -

- Sicuramente, altrimenti non si può esplodere davanti a tanta gente in una simile rabbia altamente realistica, credibile! -

- Ma è la grandine di parole che mi è caduta in testa ad aver reso verosimile e credibile la mia arrabbiatura, capisce? -

L'Istrione Allampanato mi guarda sospettoso: - Grandine? Ha detto proprio grandine? -

- Esattamente - confermo.

- Scusi però, non aveva poco fa parlato di neve? -

- C'è un equivoco: la grandine è metaforica, mentre la neve è solo di fuori. -

- Metafora, dunque, capisco. Ma anche la neve là fuori, a Roma, è molto poco realistica e altrettanto metaforica nel suo candore, nel suo biancore... La neve a Roma insomma è come la manna dal cielo, ossia roba da non credersi. -

- Ci creda, ci creda... ne sta facendo tanta. -

- E attecchisce pure! - aggiunge la signorina entusiasta di non so che cosa, forse di poter intervenire nel discorso.

L'Istrione Allampanato si concentra un attimo per recuperare qualche testo memorizzato, un frammento di qualcosa che gli frulla per la testa e annuncia al pubblico:

- Io egregi signori sono un uomo del nord e conosco la nebbia, conosco la neve, conosco la grandine e le nuvole e la pioggia e il freddo e la tramontana... nevvero... ma dalle mie parti sono elementi concreti della natura, per i quali si può sbattere il culo per terra scivolando sul ghiaccio, ci si può impantanare, si può andare a sbattere la zucca contro il palo di un cartello stradale... ma la neve a Roma è puro misticismo, altro che metafora. Ci vorrebbe a questo punto un d'Annunzio alla rovescia che invertisse l'incipit del romanzo il *Piacere* trasformando la Roma sonnolente e solare, primaverile e gioiosa in una steppa siberiana popolata da lupi! -

Il pubblico scoppia a ridere, e giù un applauso di incoraggiamento dal quale non posso dissociarmi.

- *L'anno moriva, assai dolcemente. Il sole di San Silvestro spandeva non so che tepore velato, mollissimo, aureo, quasi primaverile, nel cielo di Roma.* -

Segue un silenzio imbarazzante. L'Istrione Allampanato resta come folgorato con gli occhi inchiodati al soffitto e la bocca aperta come un merluzzo che non sa che pesci prendere. Qualche colpo di tosse, un movimento di deretani sul velluto delle poltrone, segni evidenti di un consenso piuttosto tiepidino. Senonché un paio di cretini dall'ultima fila si alzano in piedi spellandosi le mani in un applauso scarsamente seguito dall'uditorio da cui si leva piuttosto un mormorio non proprio di approvazione.

La ragazza accanto mi svela sottovoce: - È la *claque*, la paghiamo apposta per riempire i vuoti quando parte un embolo... -

- Un embolo? - sono interdetto.

- Un vuoto di memoria, detto in altri termini. -

- Ah! L'Istrione Allampanato non si ricorda nemmeno la sua parte, e si permette pure di venirmi a fare il predicozzo! -

- Non lo chiami così, potrebbe risentirsene. -

- E con questo? Sa quanto me ne importa. Sono io che dovrei risentirmi per dover sentire lui! -

Socchiude gli occhi con un gesto di stizza, nervosetta la ragazza!

- Lei pensa forse che non sarebbe stato capace di tirare avanti nonostante i grugniti e sbadigli che sono partiti dalla sua bocca in prima fila? Ma sa quante ne ha passate colui che lei ironicamente chiama "Istrione Allampanato"? Crede davvero che non sia capace di mangiarsi il suo cervello dentro il cranio continuando a recitare, se solo... -
- Qui casca l'asino, dica pure: se solo ricordasse la parte! -
- Non c'è nessuna parte da ricordare, sta semplicemente recitando *a braccia...* -
- Come con le braccia? -
- Ma non sa proprio nulla lei! A braccia, nel senso che sta improvvisando, ricicla dal cilindro della memoria qualche frase, qualche spezzone di testo... -
- E perché mai lo farebbe? -
- Perché come si dice nel nostro gergo: *the show must go on!* E dal momento che il resto della compagnia non ha potuto raggiungere il teatro... -
La interrompo: - A causa della neve, scommetto. -
- Appunto, la neve... beh, ecco allora che deve fare tutto da solo, improvvisare, intrattenere il pubblico, per questo ha finto di bisticciare con lei, per prendere tempo, e l'ha costretta senza che lei se ne accorgesse a recitare una parte. -
- Ma che sta dicendo? Che parte? -
- La sua, non l'ha ancora capito? -
- Ma io non sto recitando. -
- Forse che sì e forse che no. Osservi bene il pubblico, che fa in questo momento? -
- Ci sta osservando credo. -

- La fa facile, lei! No, caro signore, il pubblico non ci sta
semplicemente osservando, bensì sta assistendo ad uno
spettacolo, al suo spettacolo.... -
La rivelazione mi suona come l'ultima insopportabile
presa in giro di questa serataccia che mi tocca sopportare.
Mi alzo in piedi e rivolto alla platea comincio a dime-
narmi:
- Insomma basta, che avete da guardare, mi avete preso
per una bestia rara? Per un fenomeno da baraccone?
Sono una persona seria io, non un coso, sì insomma un
Istrione! - Non contento del risultato ottenuto dalle mie
parole sbotto come solo io so sbottare quando esco fuori
dai gangheri. Sono un tipo calmo, pacifico, gioviale, ma
quando è troppo e troppo e allora mi esce quasi naturale
sparare a gran voce un insulto che mi costa... l'ennesimo
applauso: - Pubblico di merda! -
Si scatena il putiferio in sala, sulle prime mi riparo il volto
con le mani da eventuali lanci di oggetti in segno di protesta e reazione alle mie contumelie. Ma devo ricredermi,
invece di essere linciato, vengo omaggiato di una *standig
ovation* in piena regola, tutti in piedi, cappelli e fazzoletti
che volano in aria: mi aspettavo un fracco di botte ed
invece mi ritrovo tra le braccia della ragazza che mi
sussurra uno splendido:
- Magnifico, lei è un mattatore nato! -
- Mattatore, no di certo, non ho ancora ucciso nessuno! -
- Come no come no, li ha stesi tutti con quel suo
"pubblico di merda" che neanche Pirandello riuscì a
vomitare addosso al pubblico inferocito alla prima romana
dei *Sei personaggi* a Roma, correva l'anno 1921, quando fu

contestato e dovette affrontare gli spettatori inviperiti che fin dalle prime battute urlavano: *Fuori l'autore!* -

Ai festeggiamenti in mio onore non manca ovviamente l'Istrione Allampanato del quale ora sotto i riflettori noto le folte sopracciglie annerite con un carboncino che gli danno un'aria mefistofelica.

- Orbene, caro signore, a questo punto possiamo considerarla abile e arruolato! -

- Abile a far cosa? E arruolato dove, si può sapere? -

- Lei stasera entrerà in compagnia. -

- Sono già in compagnia di questa bella signorina - cerco di districarmi e, al contempo, di lanciare un messaggino con lo zuccherino alla mia vicina di poltrona.

- Appunto - smonta le mie difese - si chiama "compagnia di fatto" quella che si stabilisce tra due artisti che si incontrano casualmente e finiscono, quasi come sospinti dal comune destino, ad una collaborazione creativa. -

- Si dà il caso però che io non sia un artista! - e sorrido, ma si tratta di un tipo di espressione che mi si fissa in faccia come una paresi momentanea.

- Lo è lo è, nessuno ha mai pronunciato la battuta *pubblico di merda* meglio di lei. -

- Ma non era una battuta, era quello che pensavo veramente! -

- Tanto meglio! Si chiama spontaneità, anche Pirandello si richiama al concetto di ingenuità dell'espressione drammatica! -

- Ingenuo io? Neanche mi conosce! - non vorrei fare la figura del fessacchiotto con la giovane e conturbante presenza al mio fianco. La quale però mi gela con una riflessione che non lascia spazio a controanalisi:

- Lei dunque preferisce una bellezza naturale, acqua e sapone, come sono io, oppure si fa attrarre dalle labbra a gommone, dai lifting alla giapponese, dai seni gonfiati con la pompa delle biciclette? - ha il tono di chi si aspetta una risposta all'aut aut prima di offendersi definitivamente.

- Che domande - cerco di cavarmela - ovviamente... - L'Istrione Allampanato non mi lascia finire la frase:

- Anche noi se permette preferiamo chi ha l'arte nel sangue e la sprizza fuori da tutti i pori quando meno te lo aspetti, piuttosto che quei mamozzi brufolosi che escono dall'Accademia Teatrale tronfi e pieni di aria come palloni gonfiati! E dai quali non si estrae più succo che da una noce secca! E poi si guardi, guardi la sua faccia! Signorina, la prego, se ha uno specchietto a portata di mano nella borsetta faccia in modo che il signore si veda nella fissità della sua espressione drammatica! Meravigliosa, semplicemente meravigliosa, direi spettacolare! -

- Porco mondo, di che sta parlando? -

- Come di che?! Ma del suo sorriso beffardo ironico che sarebbe impossibile definire semplicemente sardonico, bensì... -

- Bensì come lo definirebbe vossignoria? -

- Le è scappato anche un *vossignoria!* -

- Che male c'è, è un termine che non ho mai usato. -

- Se comincia ad usarlo adesso ci dev'essere un perché, e noi vorremmo che lei lo scoprisse stasera, a partire dal senso di quel suo sorriso che sembra una paresi facciale, si direbbe come le dicevo sardonico, ma non lo è, piuttosto è un vero e proprio sorriso... istrionico, da grande attore! - Bella questa, l'Istrione Allampanato dà addiritttura dell'Istrione e del grande attore a me solo perché in un accesso di rabbia (di cui, tra parentesi, ancora mi vergogno) mi è scappato un *pubblico di merda* che ha scatenato applausi e un successo di cui ancora non mi capacito e che non so spiegarmi. Confesso però che l'esito della mia presunta *performance* mi ha messo in buona luce agli occhi della fanciulla che mi prende a braccetto sul bracciolo della poltrona. Sto al gioco? Certo che sto al gioco, male che vada mi faccio... beh, mi faccio valere e me la spasso un po', come capita capita: se va alle gambe, come si suol dire! E sono proprio le gambe, due granitiche e statuarie colonne portanti di una Venere dal generoso lato B che mi passa davanti per uscire dalla fila e raggiungere i camerini:

\- Lei ci aspetti qui, io vado a prepararmi per la rappresentazione. Sa com'è, gli attori non sono arrivati ed anch'io devo dare una mano tirando il carrozzone come posso. Sono solo una cassiera, ma il copione lo ascolto ogni sera dal *foyer,* quindi lo conosco a memoria. Vedrà, ci sarà da divertirsi insieme, non si muova. -

E chi si muove. Mentre a Roma fuori nevica, non si muove niente e anch'io sono bloccato qui dentro. Tanto vale, visto che si tratta di un bel manicomio, fingere di essere pazzo anch'io. Ma può essere considerato pazzo uno che finge di esserlo per accondiscendere alle follie di altri più pazzi di lui? Confesso che la risposta me la darà in seguito Pirandello nell'*Enrico IV,* che avrò modo di leggere più tardi. Perché la storia non finisce qui , anche se per il momento sono costretto a rimandare il finale. Ci sarà da divertirsi, ha detto la ragazza. Ed io non chiedo di meglio dal momento che non ho niente di meglio da fare.

4.

Cos'è successo? Dove mi trovo? Interrogativi che il subconscio mi pone con sempre maggiore insistenza man mano che passo dal sonno ad uno stato vegetativo più vigile. In ciò stimolato anche da un penetrante odore di caffé che sento sbuffare come una locomotiva in miniatura. Socchiudo gli occhi e un pallido raggio di sole filtrato da ragnatele e polvere attraverso il vetro di una finestrella dello scantinato in cui evidentemente - non so come - sono finito, mi fa intuire che si è fatto giorno. In un angolo del bugigattolo pieno di cianfrusaglie, probabilmente costumi ammuffiti e vetusti oggetti di scena, scorgo l'Istrione Allampanato che ora, lontano dal palcoscenico, mi appare di tutt'altra costituzione e molto meno spaventoso del colossale orco che mi perseguitava dall'alto quasi mangiandomi in testa. È un omettino macilento, tutto ossa, con le guance scavate, di bassa statura, insomma un vecchino che diresti stia più di là che di qua. Si è ridotto ad un istrioncello in vestaglia sdrucita e con la barbetta di qualche giorno, grigia e incolta come quella di un navigatore solitario in balia delle onde, una larva di ometto insomma che uno penserebbe di poter schiacciare col pollice come una pulce. Non so se è la mia immaginazione, ma sento scricchiolare anche le sue giunture. O sono le mie? Cerco di muovere, anchilosato come sono, il braccio intorpidito, ma qualcosa mi trattiene. Un corpo? Sì un corpo caldo e morbido di qualcuno o meglio di qualcuna - me ne accorgo tirando un sospiro di solllievo (preferireisco evitare e *lassare altrui,* come celia Cecco Angiolieri, certe strane sorpresine *a posteriori!)* dai seni che mi massaggiano piacevolmente la schiena - che ha dormito accucciata al mio fianco come un gatto... o meglio come una gatta! Avvolta in un tendaggio che parrebbe il sipario strappato ad un teatro in abbandono o un panneggio di un altare sconsacrato, la fanciulla del botteghino ha preso la mia spalla come cuscino. E ronfa profondamente sentendosi da me protetta e al sicuro, ah se solo sapesse i pensieri da *Barbablù* che di tanto in tanto mi saltano come diavoletti per la mente, si ritrarrebbe sicuramente inorridita... o forse no, forse si appropinquerebbe ancor di più attratta probabilmente dal fascino del male, il sesso!, di cui siamo vittime e carnefici al contempo noialtri maschietti e femminucce, chi per un verso chi per l'altro!

Vorrei allora riaccucciarmi per giocherellare a *rubamazzetto* o a *rimpiattino* o ancora a *toccami toccami ché mamma non vede* cullato dal tepore accattivante della calda e carnale presenza femminile che mi si è francobollata addosso. E a mia volta cullare qualche strana idea o tintillare il più da vicino possibile le estremità turgide che sento protese verso di me come organi anelanti lo spasmo e l'orgasmo orgiastico... Senonché il trasandato vecchino, ora posso chiamare così il *rompiuovanelpaniere* che prima citavo come "Istrione Allampanato", mi legge nel pensiero e pare volermi distogliere dal residuo della notte dei sensi e del piacere rivolgendomi un *buongiorno!* senza neppure voltarsi. E aggiunge: - Il caffè è pronto! -

Che rompicoglioni, accidenti a lui e a tutto il teatro!

- Grazie - non so che altro rispondere.

- C'è pure un bel cannolo alla crema per lei, se lo è proprio meritato. -

- Io? Un cannolo? - esclamo deluso dal simbolo fallico del cannolo che sinceramente non rientra nel mio attuale orizzonte degli eventi. Ma lui non capisce o finge di non capire che cosa succede ad un cristiano in piena tempesta ormonale.

- Certamente. È stato bravissimo, ha salvato la serata! Che interpretazione magistrale, da un dilettante poi, un *amatore!,* chi se lo sarebbe aspettato! -

- Amatore io? - temo di fraintendere - non credo di aver fatto cose peccaminose con la signorina. - Così dicendo le sollevo lievemente la testa per lasciarla tra le braccia di Morfeo.

- Amatore del teatro, non delle belle ragazze, caro maestro! -

Che il vecchino chiami maestro e non più banalmente "signore" il sottoscritto, proprio lui che calca le scene probabilmente da quando è nato, m'insospettisce.

- Non mi prenda in giro, la prego. -

- Nessuna presa in giro, ci mancherebbe. In teatro bisogna sempre dare a Cesare quello che è di Cesare. Lei si chiama Cesare per caso? -

- No, veramente mi chiamo Giulio. -

- Come volevasi dimostrare: Giulio Cesare, appunto! Tutto torna, i conti tornano sempre. -

Cerco di riflettere: - Io non ricordo nulla a dir la verità. -

- Come tutti i granti attori, i maestri dell'arte drammatica ai quali sembra sempre di non ricordare la parte al momento di andare in scena. Ma quando sono lì, sul palco

col pubblico davanti, ecco, nevvero, da qualche recondito neurone del cervello parte il filotto del copione che si svolge come il filo rosso del destino, teatralmente parlando. E poi, finita la recita, al rientro nel camerino, tutto è di nuovo dimenticato, annullato, azzerato: scatta l'oblio e l'attore torna ad essere un contenitore vuoto, come questa tazzina ad esempio, che attende di essere riempità di caffé. A proposito quanto zucchero desidera? -
- Due, grazie... -
Sorseggio in fretta il liquido bollente che nella tazzina mezza piena lascia intravedere il fondo per quanto è leggero, una brodaglia di colore scuro che sa di fondi di caffè riciclati chissà quante volte. Invento così una scusa per posare la tazzina senza offenderlo:
- Buono. Però ora mi scusi, si è fatto pure tardi, devo correre a riprendere la macchina e tornare al *tran tran* quotidiano. - Così dicendo mi alzo, mi rimetto la camicia nei pantaloni, indosso la giacca spiegazzata, il cappotto, controllo che ci sia tutto nelle tasche. Le chiavi della macchina e soprattutto il portafogli, non si sa mai. Gente di teatro, giorovaghi, mezzi zingari, scavalcamontagne, comunque poveri in canna: vatti a fidare!
- Domani comunque si ripete - mi fa il vecchino accommiatandosi.
- Domani no, sarò a Milano per lavoro. Mi spiace. -
- Non si preoccupi, faremo da soli. Tanto abbiamo la registrazione e la trascrizione di tutto quello che lei ci ha voluto regalare iersera, nevvero cara? -
Mi accorgo che il *nevvero cara?* è rivolto alla fanciulla che ha dormito al mio fianco e che ora comincia a stiracchiarsi

con qualche sbadiglio. Un seno candido come una col-
linetta innevata spunta dalla camicetta sbottonata: beato
io che vi ho dormito accanto. Sospiro e dico tra me stesso
beata innocenza, probabilmente intendendo più la mia
coglionaggine di non aver saputo approfittare della situazione che della sensuale ingenuità, un misto di malizia e di
candore, della ragazza.

\- Sì certo, ho scritto tutto, è tutto qui dentro - così dicendo si ricompone prima di mostrare un taccuino di cui
riesco a leggere solo il titolo in maiuscolo L'INGENUO
SONO IO.

\- Quel papiello sarebbe opera mia? -

\- Certo non mia - conferma il vecchino.

\- E neppure mia - aggiunge la fanciulla rivolgendomi un
languido sguardo come se la notte passata insieme fosse
stata di suo completo gradimento e soddisfazione.

\- E domani si ripete questa stessa recita in questo stesso
luogo - conclude il vecchino che si fa sempre più scialbo e
minuto quasi trasparente, diafano, accompagnandomi
verso la luce del giorno all'uscita del teatro per poi dis-
solversi come una cartina di tornasole immersa nell'acido.
Faccio appena in tempo a registrare il suo ultimo memen-
to: - E la smetta di dormire a teatro, mi dia retta, può
essere pericoloso. Il futuro imperatore Vespasiano rischiò
addirittura la vita per aver semplicemente osato sbadigliare
durante il monologo drammatico di Nerone! -

Non capisco che c'entro io con l'Impero Romano, così mi
sfugge il senso dell'allusione storica. L'Istrione si è già
dileguato nella penombra del corridoio laterale che porta
ai camerini. Senonché ancora una volta mi giunge la sua

voce irrobustita da una spettrale eco che rimbmba nella sala teatro vuota: - Comunque non si preoccupi, ci penserà il teatro a tenerla sveglio, anzi a non farla proprio più dormire per un secolo! - E giù una crassa risata da orco delle caverne: ah aha ah!

Per quanto la mia avversione per il teatro cresca di momento in momento, non ne posso davvero più, mi incammino verso il luogo dove ho lasciato la macchina ripromettendomi però di tornare a trovarli, un giorno o l'altro, perché no? In fin dei conti non me la sono passata troppo male. Ho riso, scherzato, mi sono annioiato ma anche spaventato a morte e divertito. *Last but nont least* (non so da dove mi salti in mente questa espressione vagamente shakespeariana) mi sono anche, confesso, non dirò eccitato, sarebbe troppo, veramente troppo sessista! Piuttosto preferisco alludere a quello stato di *euforico prurito* (euforico prurito? chissà che vuol dire? mi è venuta così senza pensarci) che percepisce il genere maschile in età riproduttiva al cospetto di una conturbante ancella delle Muse.

Preciso a scanso di equivoci che non intendo ripetere la mia esperienza attoriale, in tal senso credo di aver già dato tutto quello che potevo, anima e corpo. Quindi escludo di tornare a calcare le scene. Ma testone come sono mi sono dimenticato di farmi dare il numero del cellulare della fanciulla alla quale ingenuamente non ho chiesto neppure come si chiamasse. Ingenuamente? Ah già, *L'ingenuo sono io*, si intitola il copione che avrei creato in scena a mia insaputa, preso totalmente... forse dal *pathos* della mia recita nel ruolo appunto de *L'Ingenuo*... certo che quando si dice

omen nomen fesso che sei, altro che ingenuo! Non lo sai
forse, mi rimprovero da solo, che ogni lasciata è persa,
come si dice a Roma intendendo con l'epiteto colui che si
fa sfuggire l'occasione propizia di una conquista al femminile, quella che al sud della Città Eterna, verso Napoli,
si dice *acchiappanza*?
Possibile però, mi domando, che sia così stupido da lasciarmi intenerire dall'arte drammatica fino al punto da
dimenticare i piaceri della vita senza percepire il sottile
fascino dell'eros che mi era stato proposto, propinato,
sbattuto in faccia dalla bella e apparentemente dispo-
nibilissima cassierina del teatro? Te l'eri *rimorchiata*, tornando alla vulgata romanesca, e invece di concludere con
Dioniso e le orge bacchiche, invece che immolarti al dio
dell'amore, Eros, sprofondi tra le braccia di Morfeo come
uno gnocco. Sì, hai capito bene: gnocco a farti irretire e
rincretinire dall'Istrione Allampanato che poi si è rivelato
solo un mucchietto di ossa scricchiolanti sormontato da
una faccia scavata e una bocca sdentata su cui cam-
peggiavano, si fa per dire, due baffetti di un Mandrake in
pensione pronto per l'ospizio (se non per il cimitero)!
 Mi guardo intorno per cercare il nome della via, il
numero civico del teatro; e mi accorgo di aver già svoltato
uno, due angoli o forse più e, come Dedalo prigioniero del
suo labirinto, non riesco a racapezzarmi. Così comincio a
confondere la toponomastica: dunque, provenivo da via
Capo Le Case in direzione di Via Sistina, o scendevo dal
Quirinale in direzione della Fontana di Trevi?
Tastandomi la tasca della giacca sento qualcosa di morbido, vellutato: estraggo un fazzolettino di carta su cui una

mano femminile ha vergato con bella calligrafia... il suo indirizzo? Nome cognome e numero di telefono? O magari ancora un appuntamento presso qualche pensioncina ad ore del centro, una di quelle discrete alcove frequentate dagli onorevoli deputati del Parlamento italiano quando, liberi dalle loro *kermesse* politiche e dalle *sceneggiate* in nome del popolo italiano, vanno a sfogare gli istinti più bassi con qualche *soubrettina* televisiva in cerca di ingaggio e di una raccomandazione *dall'alto*. Ma non voglio fare del moralismo, almeno prima di aver letto il contenuto del testo manoscritto sul fazzolettino stropicciato in cui devo essermi anche soffiato il naso, almeno spero di essere stato io e non l'Istrione Allampanato tra un *nevvero* e l'altro del suo intercalare e sputazzare e scaracchiare in giro.

Che delusione quando mi accorgo che no, niente numero di telefono, niente nome cognome e indirizzo, niente appuntamento galante, ma solo una mediocre poesiola a me dedicata, neanche fossi Omero o Mastroianni, dalla mia prima e forse ultima ammiratrice e ammaliatrice: la bella cassierina del teatro che non trovo più nel dedalo di strade dell'immenso e dispersivo centro della Città Eterna.

Al mio caro sconosciuto de "L'ingenuo sono io".
Sogni sottili come fili di luna respirano
nel tempo dilatato dalla musica
dolcemente graffiante:
lo sguardo fisso nel vuoto
segue il ricordo che "la" voce evoca.
Muto enigmatico, segue il filo dei pensieri:
spavaldo - trasgressivo

nasconde la malinconia per la vita
già spesa dietro una verve da palcoscenico
lì - dove la luce abbaglia e tutto è finto.
Spente le luci, la viva realtà
non inganna,
l'arsura spinge - sceglie fonti amare
da cui ancora più assetato fugge
con rabbia - imprecando - contro chi?
Arbitro del proprio destino
ormai intrappolato in una spirale dove
come nicchia si accomoda e
attende... cosa? chi?
Quando il cervello e il cuore s'incontreranno
troverà luce e pace.
Forse.
Un contrabbasso rimbomba.
Firmato la tua dolce "mascherina"

Non so come né perché mi sovviene una frase di un certo Pirandello che devo aver sentito chissà dove, forse nella mia avventura notturna a teatro: *nella mia vita ho incontrato tante maschere ma molti pochi volti!* Parole che comincio lentamente a capire inoculatemi probabilmente dall'Istrione Allampanato nel dormiveglia del mio meritato riposo a fine recita.

In effetti mi par proprio che quell'ultimo verso del contrabbasso mi rimbombi davvero nelle orecchie come per una misteriosissima eco. Tuttavia non è un contrabbasso né altro strumento d'orchestra, bensì il boato d'un clacson assordante accompagnato da un *a scemo!* che mi fa riemergere dalla lettura degli zoppicanti versi della bella cassierina a me dedicati. Mi ritrovo in mezzo al traffico di via del Tritone con le macchine che mi strombazzano intorno emettendo muggiti ed epiteti irripetibili. Raggiungo rapidamente il marciapiede e prima ancora di rendermi conto di essere in salvo vengo colto da un dubbio: il cielo è azzurro, masse di turisti in calzoncini corti e magliettine attillate cercano di riparsi dai potenti raggi solari con degli ombrellini colorati sulla testa come copricapi.

E io? Che ci faccio così infagottato, giacca di panno pesante, scarpe invernali, cappotto di lana in un ambiente tropicale? Ma appena ieri non aveva nevicato? Non stavano gelando le fontane? E oggi è veramente oggi come domani sarà domani? E ieri? Insomma! Quando era ieri? Mi viene la sudarella, per il nervosismo, certo. Ma anche perché sono infagotatto come un bigné alla crema che trasuda grasso rancido nella vetrina esposta al sole di un bar che propina leccornie andate a male e buone solo per farsi venire un bel mal di pancia. Sento la camicia appiccicarmisi addosso per quanto è zuppa, la fronte mi cola, la sciarpa di lana in cui sono avvolto mi si stringe alla gola come un cappio, rivoli di sudore mi scendono lungo la fronte, le spalle, le braccia, le gambe. Mi sta venendo un infarto a causa di un colpo di calore? Comincio a togliermi i vestiti pesanti di dosso. Estraggo portafoglio e chiavi dal cappotto passandoli nella tasca posteriore dei calzoni, poi mi sfilo il maglione, la sciarpa, il cappello invernale, avvolgo tutto in un fagotto che tengo sottobraccio. Mi guardano tutti. Faccio ridere? E ridano pure, tanto ormai ci sono abituato a fare teatro! Ah aha ah, che risate signori miei! Non vi è mai capitato di andare in giro in piena estate come se avesse appena nevicato? A me sì. Mi sta capitando proprio adesso. E se non vi piace lo spettacolo fatemi il piacere di girarvi dall'altra parte. Non mi accorgo che il pensiero che mi frulla per il capo non resta in silenzio, anzi si manifesta violentemente. Capperi, sto urlando e insultando i passanti, sta succedendo davvero, come se avessi il copione nella mente: mi prendono per matto, ma vorrei fargli capire che sto solo recitando il ruolo del folle e che lo faccio così bene da *sembrare* addirittura un vero forsennato. Proprio come nell'*Enrico IV* di Pirandello. Sono uscito pazzo? Non credo, perché un pazzo che sa di comportarsi da pazzo non può esserlo veramente, sa di recitare quindi *finge* di esserlo.

All'improvviso vedo materializzarsi davanti ai miei occhi un'ombra gigantesca come un fantasma involontariamente evocato da un esorcista dilettante: è l'Istrione Allampanato che ora pare aver ricuperato le sue originarie dimensione mastodontiche. Un rumore assordante mi perfora i timpani come un tuono causato da un fulmine ravvicinato: il battimani dell'Istrione Allampanato al mio indirizzo che si confonde con l'applauso di un gruppetto di turisti che mi ha preso per un artista di strada impegnato in un numero clownesco. Mi ritrovo anche qualche monetina nel cappello che agito per allontanare mosche e zanzare attratte dal sudore della mia fronte, pochi spiccioli intendiamoci, però sempre meglio di niente. L'impressione che stia facendo la questua però si propaga rapidamente tra gli astanti che si dileguano per paura che li metta sotto torchio per ricevere un obolo. Anche l'Istrione Allampanato si allontana ingobbito come se si fosse caricato sulle spalle le Colonne d'Ercole dopo aver pronunciato le sue ultime quattro parole, *carmina non dant panem,* e ricevuto la mia risposta: tante grazie!

Riprendo al ricerca della mia macchina. Dove avrò parcheggiato ieri? Allontanandomi dagli sguardi ironici dai passanti accaldati che che si disperdono alla ricerca dell'ombra e del refrigerio riesco fortunatamente a ritrovarla a lato di via dei Quattro Venti. Sembra che abbia cambiato colore, come se qualche oscura entità infernale vi avesse orinato o, peggio ancora cacato sopra per poi asciugare e seccare il tutto con il *phone!* I vetri sono incatramati da uno strato di fetido guame d'uccello, pare che tutta la popolazione dei volatili del continente europeo, del nostro emisfero si sia accanita contro il mio veicolo.

Sollevo il tergicristallo per staccare qualche strato di putridume e riuscire a raggiungere il vetro, così mi accorgo che quelle attaccate sul parabrezza non sono foglie e sporcizie varie, ma tanti foglietti bianchi con una striscia blu: multe per divieto di sosta. La macchina è tappezzata di multe, sono decine, forse centinaia di multe, o addirittura migliaia. Ma quante contravvenzioni mi sono state elevate nello spazio di poche ore, una nottata al massimo? Senza tener conto poi dell'emergenza neve che avrebbe pur giustificato l'infrazione al codice della strada? Quale vigile urbano dotato di particolare sadismo, quale mente bacata di un tutore dell'ordine, quale e quanta malvagità di un servitore dello Stato può albergare in colui che si accanisce a riempire un numero da *guinnes* dei primati di notifiche cartacee! Ci avrà passato sicuramente un tempo incredibile, sovrumano, avrà lavorato giorno e notte appostato accanto al mio trabiccolo per il solo gusto di colpire, colpire, colpire e ancora colpire l'incauto automobilista bloccato nella neve che solo ieri... già, ieri o l'anno scorso? O un lustro fa? Un decennio? Insomma quanto tempo è passato?

Domande che mi frullano dentro e mi provocano un leggero capogiro. Poi mi riprendo pensando: è un sogno, solo un brutto sogno. Un incubo, ecco! Come tutta la storia della mia vocazione per l'arte drammatica, figuriamoci! Io un attore, sì lallero! A scuola non riuscivo a mandare a memoria neppure *m'illumino d'immenso* di Giuseppe Ungaretti, come posso ora pensare di riuscire a tenere a mente addirittura un intero copione.

Sto per tirare un sospiro di sollievo cercando di illudermi di aver sbagliato macchina e confuso probabilmente il posteggio, quando da sotto l'ultima contravvenzione compare ben appiccicata dalle intemperie sul parabrezza una locandina che pubblicizza un evento teatrale, uno spettacolo dal titolo *L'ingenuo sono io* di cui io sarei addirittura autore ed interprete. Strabuzzo gli occhi e aggrotto le sopracciglia, come direbbe uno scrittore con scarse capacità letterarie, al cospetto della mia foto nel costume di scena che campeggia al centro del volantino pubblicitario, Sono io, sì sono proprio io l'interprete di questa maledetta schifezza! Di questa *merda* per dirla senza eufemismi.

Oh Madonna santissima, ma chi può aver scritto una roba del genere! Sono stato io? E la foto, la foto! Da denucia penale del fotografo che me l'ha scattata, del grafico che l'ha impaginata e del tipografo che l'ha stampata![1] Un delirio, un vero e proprio delirio! Con lo stuzzicadente in bocca come un *Johnny Stecchino* reduce da una sbracciolata, gli occhiali scuri come Belushi redivivo e il cappello di paglia come un mafiosetto uscito da una serie de *Le strade di San Francisco*. Altro che teatro, qui siamo al limite del circo equestre, della fiera delle vanità, della presunzione che si spaccia per arte. Che pazzia, signori miei, che pazzia! E come se non bastasse il retro del volantino reca una poderosa nota dell'autore che porta addirittura la mia firma. Un mucchio di scemenze che mi vergognerei di aver detto, sempre che le avessi dette, il che assolutamente non è, non può essere. Io non so nulla di quello che c'è scritto qui sopra, urlo in mezzo alla strada. È una follia, una vera e propria follia! Leggete, leggete, rendetevi conto da soli.

Non faccio neppure in tempo non dico a sillabare, ma neppure a muovere le labbra per pronunciare la prima sillaba, la prima consonante di *merda,* basta solo il pensiero e di colpo la realtà si trasforma - vogliamo dire d'incanto? e diciamolo! - come se *M* fosse l'iniziale di una parola magica, ovvero una parola-chiave, una *password* per chi non crede nelle scienze occulte e nel paranormale, un *abracadabra* ovvero un *apritisesamo* per chi invece ci crede (peggio per lui o per lei!). Così una strada affollata del centro di Roma, in cui avevo la certezza di trovarmi fisicamente, *cangia* (voce del verbo *cangiare*, un pirandellismo che di tanto in tanto mi permetto di usare) in dissolvenza nello stes-

---

[1] *L'immagine di cui ancora mi vergogno è a pag.129. Abbiate pietà, strappatela.*

so teatro, nello stesso pacoscenico dal quale mi illudevo di essermi liberato ma in cui mi ritrovo d'improvviso come trascinato da un nastro trasportatore alle velocità della luce. La voce della bella cassierina mi fa quasi eco:

- Merda! Così noi che facciamo teatro urliamo tutti insieme per scaramanzia prima di andare in scena. -

- Una specie di rito insomma, un portafortuna, nevvero cara? - compare l'Istrione Allampanato da dietro le quinte.

- Oh sì, e ci tocchiamo vicendevolmente il... culo... diciamo proprio così, da noi culo si può dire.-

La cosa non mi sconvolge più di tanto, anzi mi attira.

- E si può anche toccare, il culo, mi sembra di capire... sempre per scaramanzia, beninteso? -

- Senza però mettere cattive intenzioni nel gesto che deve essere propiziatorio e non provocatorio - mi redarguisce con un'occhiataccia la fanciulla dei miei sogni.

- Sarò allora lieto di contribuire a propiziare la buona sorte, ma - mi sforzo di capire - perché si dice proprio *merda* e non per esempio *piscia?* -

L'Istrione Allampanato ridacchia maliziosamente. Mi pare di cogliere un suo furtivo gesto per appiccicarsi dei baffetti fasulli così da poter sostenere istrionicamente da par suo l'atteggiamento che si definisce nelle didascalie dei copioni teatrali: ride sotto i baffi.

- Semplice: perché la merda porta bene, sempre bene nevvero, in quanto si produce nell'intestino dell'attore se egli riesce a ricavare dalle sue fatiche drammatiche il proprio sostentamento: più merda fa, insomma, e più vuol dire che è riuscito a mangiare, a sfamarsi! -

- E merda sia allora e pure tanta! - scoppio a ridere.

Loro invece mi guardano perplessi, sdegnati.

- Si concentri invece di fare il pagliaccio prima che si apra il sipario! Stiamo per andare in scena, nevvero!? - tuona l'Istrione Allampanato offeso dal mio atteggiamento poco professionale. - Siamo una compagnia di *scavalcamontagne* poveri in canna, e sia, ma non per questo non abbiamo la nostra dignità da difendere e da tutelare. Qui non ridiamo noi, siamo noi che facciamo ridere il pubblico, nevvero? - Questa volta il suo *nevvero* non ammette repliche.

Di colpo mi cade ogni certezza: - Ma scusate - farfuglio - che ci faccio io qui? -

- Oh bella - celia la ragazza - quello che ci fa ogni sera come da cartellone e da programma! -

- Quale cartellone? Quale programma? - la cosa comincia a terrorizzarmi.

- Ecco legga qui - l'Istrione Allampanato mi allunga un *leporello* - e si sbrighi. Tra cinque minuti darò il *chi è di scena?* -

- Come - mi stupisco - non sapete neppure chi è di scena e ci andate lo stesso? -

- Si tratta di un modo di dire, caro signore - mi delucida la cassierina. - Sta a significare che chi è di scena deve prendere posto sul palcoscenico per l'apertura del sipario. -

Deduco dalla delucidazione che il *chi è di scena?* sia rivolto a me. Ma in scena a far cosa? Comincio disperatamente a cercare qualche appiglio nelle didascalie del *leporello* che illustrano lo spettacolo. Non ci capisco niente. Che disastro! Beh! provateci un po' voi. Ecco qua. Mettetevi gli occhiali sul naso se ne avete bisogno e leggete:

L'ingenuo sono Io

*di XY (segue il mio nome che preferisco omettere perché temo di fare
un figuraccia con quanto mi viene qui attribuito)*

*Il sottotitolo di questa commedia (una «romantische-fabelhafte
Komoedie») indica le fonti alle quali l'A. si è liberamente ispirato: il
tema del «teatro nel teatro» è, ad esempio, un elemento quasi costante
della drammaturgia di Tieck (in maniera del tutto originale, arriva
a Pirandello). Di «teatro nel teatro» se ne parla e se ne vede molto
negli ultimi tempi. Si rischia, però, di impoverirne i contenuti
filosofici, a favore di una forma di spettacolo "alla moda"capace di
conquistare il pubblico. Non a caso i momenti di riflessione sulla
«realtà della realtà» che il «teatro nel teatro» comporta, finiscono per
passare in secondo piano di fronte alle tentazioni della commedia
d'evasione (che significa da sempre crisi della drammaturgia), la
quale — in mancanza di contenuti "seri"— trasforma il teatro
nella rappresentazione di se stesso. Il che equivale, anche in senso
hegeliano, a una "vuota rappresentazione": la prima temporalità
verte, per l'appunto, su questa forma "vuota" di fare teatro.*

*La rappresentazione che il teatro fa di se stesso è, però, pur sempre
una forma di rappresentazione di una realtà che può essere "vuota",
ma non priva di presupposti storico-sociali. Ecco dunque che nella
seconda temporalità si affronta il tema dello sviluppo della
personalità nella società moderna.*

*Vittima dell'alienazione spirituale prodotta dal denaro, che
trasforma in merce di scambio la stessa essenza umana, il personaggio di Celeste, una sorte di moderno Peter Schlemihl, deve
scindersi dal suo "altro" al fine di soddisfare ogni brama di possesso.
L'uomo-ombra, separato dal suo autentico essere, viene assoggettato
ad un tycoon della finanza senza scrupoli che rappresenta una
figura fantasticamente demonizzata del capitalismo: egli è infatti*

*capace di produrre mirabilie, di appagare i desideri più reconditi in
virtù delle sue tasche portentose, ma non fa che lasciarsi dietro una
scia di infelicità: l'unico desiderio che non può soddisfare è quello di
essere liberi, ovvero «ingenui» anche in senso schilleriano).*

*Da queste premesse il discorso si sposta, nella terza temporalità, sul
futuro del genere umano, in cui non c'è più individualità, né fantasia
e tantomeno "teatro". Il riferimento al filosofo rumeno E. M.
Cioran è inevitabile. La società moderna, secondo Cioran, ha
"squartato" l'essenza fantastica del nostro Essere. Non ci sono al di
là terreni o ultraterreni per cui vivere: la speranza è morta e l'unica
esistenza plausibile è "questa" esistenza in cui è tragicamente in
atto la sospensione della coscienza storica dell'uomo che, in questo
mondo, non deve fare altro che "vivere" la fine. Alias la beckettiana
"attesa" di Godot.*

*La filosofia di Cioran rappresenta una "autocoscienza critica" della
società borghese: la fine dell'uomo è quella di dover accettare questo
stato di cose come l'unico, ineluttabile esistente possibile, a cui
bisogna cedere i propri diritti individuali di libertà. Cioran mette
dunque il dito in una piaga rimasta a lungo aperta nel corso della
formazione dell'ideologia borghese: ci si riferisce al lato reazionario
dello hegelismo che giustifica ogni esistente e lo assolutizza in vista
della realizzazione dello Spirito cui l'individuo deve considerarsi
subordinato (anche se Hegel tentò di mediare, senza riuscirvi, la
persona astratta e lo Stato).*

*In tal senso Cioran giunge a concepire un «dialettica negativa» della
speranza (o meglio uno stato di non-speranza) in opposizione a ciò
che il filosofo marxista H. Bloch definisce invece «dialettica (positiva)
della speranza», intesa come molla soggettiva del processo rivolu-
zionario. Questa opposizione la si ritrova, non risolta, nell'epilogo
(si veda il reciproco omicidio-suicidio di Tempo e Storia). La*

struttura logica di questo canovaccio si ispira, come si sarà già intuito, alla «Filosofia dello spirito» di Hegel. La prima temporalità verte infatti sull'Essere ingenuo dello spirito vuoto e astratto (in sé); la seconda temporalità rappresenta (per sé) la realizzazione storica di questo Essere ingenuo dello spirito, mentre la terza temporalità prepara l'avvento dell'Essere ingenuo (in sé per sé) dello spirito di questo spettacolo.

Sto per esclamare un gigantesco BOH! grande quanto l'espressione che apre *Uccellacci uccellini* di Pasolini, quando si schiude d'improvviso il sipario e mi ritrovo con l'espressione inebetita farsescamente dipinta sul volto davanti ad un folto pubblico che si aspetta qualcosa da me. Ma cosa? Devo assolutamente dire o fare qualche scemenza, la prima che mi viene in mente. Quindi decido di darmi da fare.
Quanto segue è il resoconto stenografico della serata.
Una stramaledetta serata che si ripete ogni sera e dalla quale non riesco più a uscire.
Aiuto!

5.

Terminata la recita ed effettuati i doverosi e ripetuti inchini al pubblico, piuttosto freddino per la verità (almeno così mi pare dal silenzio plumbeo. come se la sala fosse vuota) l'Istrione Allampanato non mi loda più di tanto, anzi ha qualche pelo sulla lingua.

- Serata moscia, nevvero? -

- Non saprei, non volava neanche una mosca però - cerco di difendermi.

- Giusto - simula comprensione nei miei riguardi. - Ma c'è un silenzio quando tutti gli spettatori sono attenti e c'è un silenzio diverso, un silenzio di morte quando l'attore non trasmette come deve. -

Mi arrampico sugli specchi per trovare qualche scusa: - Beh andrà meglio la prossima volta. -

S'impunta come un piolo piantato nel legno da un colpo di martello: - Prossima volta? Quale prossima volta? Può darsi che non ci sarà una prossima volta, nevvero, dal momento che stasera ha assistito allo spettacolo nientepopodimeno che il Grande Critico del *Corriere dello Spettacolo,* il decano di tutta la critica teatrale. Tu capisci, nevvero, non oso neppure nominarlo nel terrore che quel nume mi scagli qualche fulmine sulla testa! -

- E che sarà mai, un critico teatrale! - minimizzo.

La faccia dell'Istrione Allampanato si contorce come un foglio di carta raggrinzito.

- Secondo te, testone che non sei altro, noi per chi lo facciamo lo spettacolo? Per il pubblico? Nossignore, nossignore! Noi lo facciamo per chi scrive di noi adeguando il gusto del pubblico al livello della nostra rappresentazione. Il critico crea ed impone il gusto, non viceversa. Se un povero spettatore, che non capisce un accidente di teatro, legge nelle pagine del *Corriere* che lo spettacolo è straordinario, ebbene egli giudicherà straordinario lo spettacolo anche se non lo capisce o se si annoia a morte. Questo solo perché così ha sentenziato il critico che fa testo, anzi Legge per chi lo legge, nevvero. -

Mirtilla, questo il leggiadro nome della bella cassierina alla quale sono finalmente riuscito a carpire qualche notizia biografica, si limita a far cenno di sì col capo.

Allora mi assumo la responsabilità di obiettare: - Va bene, la serata non è stata un granché, ma neppure da buttare totalmente, suvvia. Il pubblico ha applaudito, non da *standing ovation,* ma l'ha fatto per un breve ma intenso arco di tempo. -

- Sì sì - mi segue Mirtilla intenta a struccarsi allo specchio - hanno applaudito tutti, tranne il Grande Critico però... - La conclusione del suo pensiero le dipinge un velo di tristezza sul volto, come se una lacrima di *Pierrot* le scendesse lungo la guancia incipriata.

- Fanciulla ingenua ed inesperta - tuona l'Istrione Allampanato. - Sappi che i grandi critici non applaudono mai perché non vogliono sbilanciarsi anticipando il giudizio. Il Grande Critico registra il plauso del pubblico, oppure il dissenso, ma non vi partecipa mai. Perché se vi partecipasse facendosi trasportare dalle prime impressioni, poi non potrebbe rivedere il suo giudizio, moderarlo se troppo negativo, la cosiddetta *stroncatura,* oppure atte-

nuarlo se esageratamente trionfante e a rischio che sorga il sospetto che la primattrice sia sua amante o che l'attore protagonista sia anche protagonista nel suo letto. Il Grande Critico resta insomma immobile, impassibile, come una statua di cera o come un Dio. -
- Il che vuol dire che non siamo certi di come l'abbia presa - si sente in dovere di concludere Mirtilla.
- *Del doman non v'è certezza...* recita l'andante. Ma ditemi, qualcuno di voi due l'ha forse visto grattarsi la tempia? -
- No, non mi pare - replico. - D'altronde io quando recito mi immedesimo talmente nel mio personaggio da astrarmi completamente dalla realtà come una specie di *avatar* per esprimermi con un esempio preso dall *settima arte,* il cinema! -
Accenno ad una risatina per quel paragone col grande schermo, che provoca una smorfia di disgusto nell'espressione dell'Istrione Allampanato e lascia un po' di stucco, con la bocca aperta come un merluzzo, la povera Mirtilla che non sa se le convenga ridere o imbronciarsi. Resta perciò paralizzata in attesa degli sviluppi. Senonché il tono dell'Istrione Allampanato non lascia presagire tempeste in arrivo.
- Sai perché definiscono il cinema come la *settima arte?* No? Allora te lo dico io, perché viene dopo la sesta, la quale viene dopo la quinta che viene dopo la terza e dopo la seconda. Indovina un po' qual è la prima arte? -
- Il teatro? - azzardo.
- Fuochino. La prima arte caro mio è la dialettica che nasce però con l'invenzione del dialogo, il cosiddetto *ragionamento a due* da *dia* (due) e *logo* (pensiero). E a che

cosa è riconducibile il dialogo secondo te? Te lo dico sempre io: all'arte drammatica. Quindi il cinema viene dopo, molto dopo... dove ero rimasto? -

Mirtilla si rende utile a ricucire il discorso: - Al Grande Critico in sala, ecco. Ci si chiedeva se si fosse grattato la testa durante la rappresentazione. -

- Ah - si lamenta l'Istrione Allampanato - se un Grande Critico si gratta la testa durante lo spettacolo è un brutto, bruttissimo segno. -

- Magari gli prude semplicemente qualcosa - ostento sicumera., ossia una certa sicurezza.

- E lui secondo te viene a grattarselo a teatro il prurito? Andiamo, lo sanno tutti che quando un Grande Critico si gratta, o si soffia ripetutamente il naso, o guarda l'orologio, o sfoglia il programma di sala, o si muove sulla poltrona come se fosse seduto su un rovo di spine, o alza lo sguardo al cielo, o fissa le gambe o le tette della spettatrice seduta a fianco, o si stropiccia gli occhi, o stende le gambe sotto la poltrona del dirimpettaio, o si fa aria col cappello come se morisse dal caldo, o se si sprofonda nella sciarpa fino agli occhi, o se si spreme la schucchia del mento tra pollice e indice, o se si tira l'orecchio, nevvero, in tutti questi casi significa che quanto sta vedendo non gli sconfiffera affatto. -

- Cribbio quante cose non dovrebbe fare un critico per non manifestare la sua disapprovazione! -

- Già. Illudiamoci pure che il suo stato d'animo negativo sia provocato dai più svariati motivi, anche indipendenti dalla qualità della rappresentazione stessa. Magari ha parcheggiato in divieto di sosta e teme di trovare una multa, magari ha litigato con la moglie che non voleva accompagnarlo a teatro, magari aveva un appuntamento galante ed una telefonata del caporedattore della pagina *spettacoli* l'ha costretto accreditandolo per la recensione, magari ha la prostata lenta e gli scappa da pisciare, magari vorrebbe scoparsi l'attrice ma è appena venuto a sapere che è lesbica, magari... ci sono mille magari con cui fare i conti, nevvero. -

Il ragionamneto dell'Istrione Allampanato è piusttosto logico-deduttivo e sia io che Mirtilla non troviamo argomenti per risolvere in un senso o nell'altro la situazione. La ragazza però, finendo di struccarsi, ha il buon senso di alleviare la tensione.

- Io l'ho tenuto d'occhio per un po', sinceramente non mi pare che si sia mosso né grattato...-

- Non ha fatto niente dunque? Peggio ancora: quando il Grande Critico non fa niente... chissà cosa gli sta passando per la mente. - Segue una pausa di riflessione poi riprende: - Sapete qual è il miglior Grande Critico che si possa avere? Volete veramente saperlo? - Beh pendiamo entrambi dalle sue labbra. - Quello che non vede lo spettacolo perché si addormenta, probabilmente già ubriaco, che si addormenta alle prime battute e ronfa per tutto lo spettacolo. -

- Allora bisogna svegliarlo emettendo un grido, picchiando un colpo? -

- Pazzia, pazzia svegliare il critico che dorme. Meglio lasciarlo in culla tra le braccia di Morfeo. Poi non avendo né visto né sentito lo spettacolo, ne parlerà benissimo. -

- Ma come può scrivere di uno spettacolo che non ha visto? -

- Appunto per questo, nevvero, ne scrive benissimo. -

Alché mi sorge un dubbio: - Il nostro grande critico di stasera però lo spettacolo se l'è sciroppato tutto d'un fiato. -

- E non ci siamo accorti di eventuali pruriti e mosse sospette - rincara Mirtilla.

- Che guaio che guaio non sapere come si verrà trattati, nevvero. -

- Allora non ci resta che aspettare che esca la recensione. -

L'Istrione Allampanato mi fulmina con lo sguardo e sibila:

- Mi meraviglio di te! -

- Perché mai? -

- Perché frequentando il nostro ambiente.. ormai da quanto tempo, dieci o venti anni?, bé avresti dovuto imparare che le mete si conquistano con l'impegno, la volontà, l'insistenza e la testardaggine. Aspettare che esca la recensione e piangere sul latte versato? Giammai subirò l'onta di una resa così meschina alle oscure forze del destino, ai giramenti di coglioni di un Grande Critico che sparacchia le sue sentenze come scorregge di un cane con la diarrea per non aver digerito qualche osso di pollo!-

- Dunque, che cosa vuole fare? -

- Io niente, tu piuttosto ti rimbocchi le maniche e corri ai ripari Perché, nevvero, una sonora stroncatura a questo punto della tua carriera potrebbe esserti fatale e riccaciarti nell'anonimato, nella mediocrità nel nulla da cui sei emerso casualmente, semmai per merito mio e della qui

presente signorina Mirtilla che ti abbiamo riconosciuto un barlume di talento. -
Entrambi mi guardano come un condannato a morte che sta per presentarsi davanti al plotone. Di scatto l'Istrione Allampanato afferra carta e penna e scrive due righe per poi consegnarmi il foglietto: - Ecco questo è l'indirizzo del Grande Critico, lo conosco perché l'ho riaccompagnato a casa la sera che era ubriaco riempiendogli la zucca di frottole su una mia magistrale interpretazione. Domani ti presenti bel bello in casa poco prima dell'ora di pranzo e la tiri per le lunghe sulle motivazioni del nostro allestimento, illustri le note di regia, i riferimenti storici, gli fai aumentare la fame... -
- Di conoscenza? - lo interrompo ingenuamente da quell'inguaribile ingenuo che sono.
- Macché di conoscenza! Di spaghetti al pomodoro e fettina ai ferri che lo attendono sul desco da mezz'ora! E che, vuoi cimentarti a discutere d'arte drammatica con lui? Ti farebbe in mille pezzi. Ti sbranerebbe in un sol boccone, nevvero. Quindi devi prenderlo per fame per fare in modo che ti dia ragione e soddisfazione solo per levarti di torno e sedersi a tavola. -
- E se mi invita a pranzo? -
Scoppiano entrambi a ridere. C'è qualcosa che non va nella mia domanda, devo aver toccato qualche tasto particolare che ha suscitato la loro ilarità.
- Un Grande Critico che invita qualcuno ad un pranzo pagato da lui? Meglio di una barzelletta, nevvero? -
Mirtilla ridendo sempre di gusto mi bacia sulla fronte per darmi il buon viatico e la benedizione ancellare. Che cara

ragazza, penso mettendomi in tasca il foglietto recante l'indirizzo del Grande Critico cui farò senz'altro visita domani all'ora di pranzo, come suggerito dall'Istrione Allampanato.

La notte non faccio che agitarmi nel sonno: cosa dirò? come potrò convincere il Grande Critico ad aggiustare il suo giudizio in mio favore? Potrei accennare alla mia inesperienza, in fin dei conti sono stato buttato sul palcoscenico contro la mia volontà. Ma ciò lo farebbe adirare ancora di più nei miei confronti. Ma come, potrebbe replicare, e lei senza una preparazione professionale, una scuola, un corso di recitazione, una militanza in qualche compagnia amatoriale per farsi le ossa si permette di presentarsi sulla scena e avere addirittura la faccia tosta di venire ad importunare un critico importante all'ora di pranzo, con la subdola speranza di farsi invitare a tavola, per perorare la propria causa persa in partenza? Già mi vedo allontanato in malo modo, farmi carico sulle spalle della mia pochezza attoriale e tornarmene a testa bassa sui miei passi. Ma allora che cosa dirò? Cosa farò? Sudo freddo nel giaciglio di fortuna ricavato in camerino accostando un divanetto ad una poltroncina consunta e polverosa. Con gli occhi sbarrati fisso il soffitto che non mi appare come un cielo limpido e stellato, ma come un cupo passaggio di nubi pesanti cariche di pioggia, tuoni e fulmini! Solo quando mi metto l'animo in pace dicendo a me stesso, beh qualcosa farò, qualcosa dirò, qualcosa mi verrà in mente, allora ecco che riesco a prendere sonno leggero, volatile.

Mica tanto leggero, perché Quando mi sento scuotere violentemente da Mirtilla mi rendo conto di aver dormito fino a quasi l'ora di pranzo.

- Svegliati, devi andare, è l'una passata e i grandi critici pranzano alle due in punto! -

Per fortuna mi sono coricato vestito e quindi devo solo mettermi le scarpe e tracannare velocemente il solito caffé di merda, pure freddo, che l'Istrione Allampanato mi ha lasciato accanto al fornelletto elettrico. Che schifo! Mirtilla fraintende la mia espressione di disgusto come un brivido di terrore per l'incontro ravvicinato del secondo tipo, quello del Grande Critico col povero attore.

- Coraggio - mi rincuora - non ti mangerà mica! -

- Speriamo - mi accommiato versando con gesto furtivo il caffé imbevibile, una *ciofeca* come usa dire a Roma, nel lavandino.

6.

La Città Eterna mi abbraccia come una vecchia strega rugosa che all'improvviso si trasforma in una fatina deliziosa, ora megera ma poi ad un tratto regina dei cieli… definizione che mi viene in mente non a caso passeggiando sul Lungotevere proprio all'altezza di Regina Coeli, il carcere romano sulla Lungara di Trastevere cantata da Gabriella Ferri. E mi sovviene la voce rauca e profonda di quella splendida interprete della canzone e della poesia romanesca, delle stornellate di storie di amore e di coltello come *Fiori trasteverini* che comincio dentro di me a canticchiare: *Roma bella, Roma mia / Te se vonno portà via*

E poi con un malinconico sguardo al *biondo* Tevere che scorre sotto ponte Umberto sorvolato da giganteschi gabbiani ingrassati dai turisti che offrono rimasugli di panini e pizzette ai volatili per vederli starnazzare e litigarsi il cibo, accenno a bassa voce: *Er barcarolo va controcorente / Er canto suo lontano se risente….*

- Lei ha una bellissima voce - mi interrompe un signore ben vestito, giacca e cravatta, ombrello attaccato al braccio.

- Grazie ma non credo proprio di saper cantare! -   mi schernisco.

- Questo lo lasci giudicare agli altri. A me è piaciuto. -

- Troppo buono - cerco di liberarmi e chiudere la conversazione.

- Troppo buono un corno! Sono mesi, che dico?, anni che vado in cerca di una voce bella come la sua per sostituire l'immensa Gabriella. -
- La Ferri è insostituibile, mi creda - ancora una volta cerco di svincolarmi.
- Lo credevo anch'io, sa? Almeno fino ad ora. Ma dopo averla sentita cantare… -
Allude, a me? Mi sta prendendo in giro? Comincio a sospettare e allora sbotto: - Permette una domanda? -
- Prego prego, chieda pure tutto quello che vuole. -
- Mi domandavo che ci fa con l'ombrello? Lo porta a spasso? È una giornata bellissima, c'è il sole e come tutti sanno a Roma il tempo non tradisce mai. -
- Non si sa mai. E poi mi serve da bastone perché sono un po' claudicante, come il diavolo, proprio come lui che zoppica per via della gamba da caprone… ma sto scherzando, ovviamente. Infine ni potrebbe servire in caso qualche maleintenzionato pensasse di aver gioco facile come. Allora mi serve non da bastone da passeggio ma da bastone vero e proprio. -
- Divertente - sorrido della spiegazione.
- Lei lo trova divertente? Io no. Ma torniamo alla sua voce. Me la darebbe? -
- Dare? In che senso scusi si può dare una voce? -
- Me la venderebbe insomma? -
- Ed io poi che faccio senza voce? Non parlo piú? -
- Lei vuol celiare, nevvero? -
Sobbalzo. La sua espressione, *nevvero,* mi suona familiare, sentita piú volte dalla bocca dell'Istrione Allampanato. Mi ha seguito? Si è forse camuffato prendendo le sembianze

di questo signore stralunato che dopo aver per caso origliato due miei vocalizzi appena accennati vuol farmi fare addirittura carriera nell'industria della canzone *folk?* Probabilmente intuisce il mio disagio e il mio atteggiamento improvvisamente diffidente e sospettoso nei suoi riguardi:
- Non si fida di me, e fa bene. Mai fidarsi di nessuno. Tantomeno di uno sconosciuto incontrato per caso, soprattutto se avanza proposte allettanti con fare però sospetto, eccessivamente confidenziale, quasi familiare. Tenga però presente che qui a Roma nel mondo dell'arte, del cinema, del teatro e della televisione ci si conosce un po' tutti, ci si frequenta, si assumono caratteri, connotazioni, atteggiamenti ed espressioni comuni a tutti quelli del settore, in altre parole ci si uniforma. Per questo alcuni modi di dire, alcune parole sono addirittura segnali di reciproco riconoscimento dell'appartenenza al sistema che noi chiamiamo *show businnes*. In altre parole siamo tutti sulla stessa barca, remiamo tutti nella stessa direzione e gridiamo tutti insieme nello stesso modo: terra! Oppure nel mio caso: nevvero!, espressione gergale tipica di chi tratta questioni artistiche. -
Il suono delle sue parole provoca in me uno strano effetto di assopimento, di ipnosi per essere piú precisi. Per fortuna un colpo di clacson mi richiama alla realtà. Allora mi scuoto.
- Scusi sa, ma ora devo proprio scappare. Ho un appuntamento molto importante. -
- Vada vada, non *la* faccia aspettare… beata giuventú! -
- Non si tratta di un appuntamento galante, è una questione di lavoro - puntualizzo.

- Lavoro? Da quando in qua il mestiere del teatrante è un lavoro? -
Credo di lanciargli un'occhiataccia sufficientemente inacidi-ta, tanto che si sente in debito di una precisazione:
- Intendiamoci, non sto dicendo che chi fa teatro sia uno scansafatiche. Piuttosto mi riferisco al piacere e al godimento che sta alla base di ogni mestiere artistico. Un piacere, un'estasi come la definisce Platone in qualche suo dialogo filosofico, che cancella la fatica e il sudore della fronte. E che si consacra nell'apoteosi finale della strameritata *standing ovation* al momento degli applausi. - Ciò detto aggiunge un perturbante *nevvero?* con tanto di punto interrogativocome consuetudine del mio Istrione Allampanato. Che strana coincidenza continuo a pensare. Tuttavia, la puntualizzazione di questo cupo signore dallo sguardo cinerino e fulminante mi induce ad abbassare le penne e a riporre l'ascia di guerra.
- Su questo non ci piove - chiudo la questione.
- Torniamo allora a noi - non perde tempo.
- Io veramente avrei fretta, mi aspettano. -
- Le faccio perdere solo un minuto, anche meno. Guardi mi basta una stretta di mano. -
- Per far cosa? -
- Per metterci d'accordo, s'intende. -
- Metterci d'accordo a proposito di che? -
- Ne abbiamo appena parlato, della sua voce, della sua splendida voce, nevvero? -
Resto per qualche istante interdetto, mi sembra una cosa ridicola. Lui intuisce la mia incredulità e si spiega meglio:
- Mi chiamo Stefanino Pironzio e sono un cacciatore di

talenti musicali,   dirigo un'agenzia artistica e rappresento alcuni nomi di noti *performer*. Intendo mettere la sua voce sotto contratto, questo è il mio biglietto da visita... -
Mi ritrovo tra le mani un cartellino giallo con un indirizzo e un numero telefonico.
- Per il contratto per ora mi basta una stretta di mano. Tra galantuomini, lei capirà, ci si mette facilmente d'accordo, nevvero? - e mi porge la mano con fare tanto gioviale e sicuro che dimentico persino di dover temere qualche trucco o qualche imbroglio.
Che sarà mai poi una stretta di mano? Così ricambio ingenuamente la cortesia e lui mi scuote il braccio come se fosse il ramo di un albero da cui far cadere i frutti. L'immagine che elaboro in questo istante come trasmessa da un *input* sinaptico tra la mente del mio interlocutore e il mio subconscio è proprio quello di una mela bacata che cade e prende a rotolare lungo il pendio del frutteto in collina. Quando finalmente si ferma noto con orrore che l'ovale del frutto ha proprio il mio volto, come se fosse la mia testa volata via. Mi accorgo così di aver chiuso per un istante gli occhi. Quando li riapro abbacinato dal sole romano riflesso dalla corrente del Tevere trovo solo aria davanti a me, aria che la mia mano agita violentemente come colpita da una scossa elettrica.
Che strano incontro, rifletto riprendendo in fretta la passeggiata sul *lungotevere* in direzione del quartiere *Prati* dove risiede il Grande Critico che non mi aspetta ma al quale sono costretto dalle vicende della pessima serata di ieri a far visita al fine di ingraziarmelo e cercare di mitigarne il severo giudizio.

Percepisco un lieve fruscio sopra la testa; e volgendo gli occhi al cielo scorgo un gabbiano dalle dimensioni spropositate e il becco giallo e minaccioso, l'occhio iniettato di sangue, che invece di volteggiare sopra la corrente del fiume a caccia di prede come dovrebbe, disegna cerchi concentrici sopra di me. Il suo bolso corpo in controluce proietta un'ombra spaventosa sull'asfalto come se fossi imbottigliato in un cono invisibile da cui, ora allungando ora rallentando il passo, non riesco proprio ad uscire. Gracchia pure la bestiaccia come un avvoltoio quando tento di cambiare direzione svicolando tra i paraurti delle macchine posteggiate sotto i platani del viale.

Il Grande Critico dimora in una deliziosa palazina *liberty* con giardino nel centralissimo ed esclusivo quartiere Prati, in una tranquilla traversa di viale Giulio Cesare, con vista sulla collina del Pincio e Villa Borghese. Il giardino per la verità non da l'impressione di particolare cura, le piante verdeggiano abbondantemente al dolce e umido clima romano. Le aiuole sono sommerse da erbacce e ortiche, misticanze varie, talune anche commestibili a saperle riconoscere. Attendo che qualcuno risponda al citofono, niente. Appollaiatosi sul tetto il gabbiano-avvoltoio mi ha seguito fin qui ed ora resta a sua volta in attesa di eventi. Sto per ripetere la scampanellata quando una voce gracchiante chiede *chi è?* Non senza sgomento dalle prime note mi pare di cogliere una certa somiglianza col grido dell'avvoltoio che mi ha accompagnato strada facendo.

- Mi chiamo XY e vorrei gentilmente parlare col signor Grande Critico. -

- A che proposito? Guardi, non cambio gestore telefonico
o fornitore di energia elettrica. Sia chiaro! Venite sempre
a rompere i coglioni all'ora di pranzo! -
Quasi quasi desisto. Impresa troppo ardua per un
timidone come me, quando ovviamente non sono di scena.
Ma già che sono arrivato fin qui, tanto vale buttarmi.
Cerco dunque di rassicurarlo sulle mie reali intenzioni e lo
scopo della mia visita.
- No no, non la voglio disturbare per farle cambiare
gestore o per farle cambiare... - Mi blocco perché insorge
in me il pirandelliano *sentimento del contrario* che porta alla
finzione sociale, come l'agrigentino scrive ne *L'umorismo.* In
realtà infatti sto mentendo in quanto la mia *mission impossible* è proprio quella di fargli cambiare idee e giudizio
circa la mia pessima interpretazione della sera che
preferirei sinceramente dimenticare. Anzi, a dire il vero e
per grazia del cielo, non me la ricordo nemmeno piú.
Sparita, svanita come per magia, cancellata dalla mente,
come se non fosse mai avvenuta.
- Allora si può sapere cosa va cercando? - intima il Grande
Critico stanco del mio tergiversare.
Mi faccio coraggio: - Rubarle... - oddio, che sto dicendo!
e mi correggo subito: - Parlarle cinque minuti, solo cinque
minuti, a proposito di una questione di teatro. -
Come se il termine *teatro* fosse una parola d'ordine, una
key word di un quache codice segreto e per me pur sempre
misterioso, improvvisamente il cancello della villa si spalanca automaticamente. Posso entrare. E l'avvoltoio sul
tetto spicca il volo lanciando un nauseabondo ricordino

che si spiaccica sul camminamento del giardinetto proprio davanti a me. Grazie tante, bestiaccia!

Sul vialottolo che conduce al portone di ingresso della palazzina di colore giallo ocra e le greche rosso pompeiano, il tutto scolorito però dal tempo e dalle intemperie, mi corre incontro apparentemente festante un cagnolino minuscolo, un barboncino in miniatura, tutto peli e ricci bianchi, che abbaia al mio indirizzo con tutto il fiato che ha in gola. Altro che feste! Ringhia cercando di sbarrarmi il passo come la fiera di Dante nel primo canto dell'inferno!

- Flip! Vieni qui Flip, buono, a cuccia... - tuona il Grande Critico aggiungendo al mio indirizzo - E lei non abbia pura, Flip abbaia ma non fa niente! -

Sorrido mascherando l'espressione come una forma di benevolenza verso l'animaletto che schiaccerei piuttosto come una pulce. Il cagnetto forse intuisce lei mie reali intenzioni, fatto sta che guando batte in ritirata per gettarsi tra le braccia protettrici del Grande Critico. Il quale, in cima allo scalone di accesso, mi appare come un'entità superiore, un nume tutelare o una minacciosa divinità capace di scagliare fulmini e saette dall'alto dell'Olimpo.

- Venga, si accomodi pure - mi fa strada.

È un omone dalla pancia gonfia come un tricheco, i capelli radi e bianchi, un pizzetto alla Luigi Pirandello gli tinteggia di un velo candido il volto. Al dito della mano destra porta un grosso anello d'oro con uno stemma araldico, forse di famiglia o di una società segreta cui potrebbe appartenere. Gli occhi grigi non trasmettono emozioni, mi punta lo sguardo addosso come a volermi colpire con un dardo acuminato squadrandomi dall'alto in basso. Mi soppesa come si fa con una bistecca alla fiorentina di cuocere alla brace. Gli chiederei se trova che sia ben frollato per i suoi gusti, ma mi astengo: non è il momento di fare dello spirito visto che è in gioco la mia carriera di attore drammatico. Carriera, la mia, che potrebbe concludersi dosastrosamente prima ancora di cominciare, qualora cadessi in disgrazia presso quest'uomo.

- Bene bene - mi rincuora intuendo il mio disagio - a che cosa devo il piacere? -
Vorrei e dovrei rispondere qualcosa, senonché la bestiolina comincia a pisciarmi sulle scarpe. Ora un calcione non glielo leverebbe nessuno, se non fossi costretto a subire per non inimicarmi il Grande Critico.

- Flip! Smettila di importunare il signore. Basta ti ho detto, cane cattivo... - interviene in mio soccorso prima che mi si allaghino i piedi.
Simulo una risatina divertita per minimizzare: - Ma no, non si preoccupi, non è niente. -

- Non ci faccia caso. Fa così con tutti gli estranei, è un modo per marcare il territorio e stabilire le modalità dell'amicizia. -
Amicizia? Cosa direbbe il cagnaccio se fossi io a pisciare in testa a lui tanto per fare amicizia? Mi tengo però la riflessione per me e mi chino verso quel sacco di pulci mimando il gesto di una carezza. Fortuna che sono pronto a levare la mano perché l'animale scatta cercando di addentarmela.

- Flip, sei un maleducato, non si trattano così gli ospiti! - lo sgrida, bontà sua, il Grande Critico per poi tornare a

rivolgersi a me: - Dunque mi stava dicendo? - Ma non
faccio in tempo ad aprir la bocca che ancora una volta mi
precede: - Aspetti, aspetti, mi sembra di averla già vista da
qualche parte. Il suo volto mi è familiare. Ci siamo già
conosciuti? -
- Ieri sera a teatro, ero io il protagonista della *piéce*. -
- Come no, come no, adesso mi ricordo di lei, il giova-
notto con gli occhiali scuri e lo stecchino in bocca! Bene
bene bene. Ma prego si accomodi. -
- Non vorrei disturbarla - cerco di fare complimenti.
- Ma no ma no, nessunissimo disturbo. Anzi sa che le
dico? Si è fatta ora di pranzo. Lei ha già mangiato? No
non credo, troppo presto per un Signor Attore che si
sveglia tardi al mattino dopo aver lavorato fino a notte
fonda calcando il palcoscenico. -
- Effettivamente - non so che altro dire.
- Allora mi tenga compagnia a tavola, sgranocchiamo un
boccone insieme intanto che parliamo. Non faccia
complimenti, non sopporto la gente che fa complimenti. -
Il tono perentorio della sua ultima frase mi suggerisce di
fare buon viso a cattivo gioco ed accettare l'invito per non
indispettirlo. Ammetto che le mie riserve sono causate
anche dall'avvertimento dell'Istrione Allampanato che mi
aveva parlato della notoria tirchieria del Grande Critico:
non illuderti che ti inviterà mai a pranzo o a prendere un caffè,
pagato da lui s'intende. Perché se invece lo inviti tu, vedrai come
corre!
Invece, contrariamente a quanto previsto, mi ritrovo a
dover esprimere un primo *grazie* di circostanza, anche se
non ho fame perché il nervosismo che mi procura la

situazione mi blocca lo stomaco. Che vuole da me? Mi domando con ansia gettando una rapida occhiata alla sala da pranzo in cui vengo fatto accomodare dal Grande Critico seguito a ruota come uno scudiero dal suo fido Flip. La bestiaccia si volta per guardarmi da par suo, ovvero in cagnesco. Allora decido di adottare l'arte della mimica, in cui posso dirmi ormai abbastanza esperto. Digrigno minacciosamente i denti come lui ha fatto finora con me. Messaggio ricevuto: con un lieve guaito si accuccia su una poltrona lurida e sdrucita che presumo riservata all'animale.

La saletta è occupata da un tavolo scuro e pesanti sedie di legno-noce di tipo rustico, una credenza che mi immagino tarlata da tutte le parti con le vetrinette di varii colori verdi e rossi. Alle pareti penzolanti come impiccati appesi ad una filo di corda alcuni orribili ritratti tardo-ottocenteschi di personaggi sconosciuti, dall'aria comunque seria e pomposa, direi persino ridicola. Fortuna che i tempi son cambiati, mi dico. Ma lui come leggendomi ancora una volta nel pensiero me li presenta: - Sono i miei antenati, ma prego si accomodi - soggiunge indicandomi il posto di fronte a lui entrambi a capotavola. Il desco è apparecchiato con cura, doppi bicchieri di cristallo di boemia per l'acqua ed il vino, posate d'argento, piatti di porcellana pregiata. almeno credo. Noto con sorpresa che anche il mio posto è apparecchiato, come se mi stesse aspettando. E lui allora come leggendomi un'altra volta nel pensiero: - L'Istrione Allampanato, il suo Capocomico, mi ha preavvisato della sua visita, così ho pensato, dato che si approssimava l'ora di pranzo… spero di aver fatto bene. -

Si siede e scoperchia il piatto invitandomi a fare altrettanto. Un odore nauseabondo mi ferisce l'olfatto, la vista affoga in una specie di zuppa marrone in cui sono immersi alcuni pezzetti di carne come naufraghi in cerca di salvazione. Una bruschetta nera e sbruciacchiata emerge dal fondo del piatto come un relitto. Non ho il coraggio di immergere il cucchiaio nel malloppo che farebbe passare la fame solo a guardarlo anche ad una iena a caccia di cibo rancido.

- Sente che profumino? Spero che le piaccia - e comincia la sua scorpacciata.

Rimescolo la zuppa obbrobriosa col cucchiaio. Allora mi decido ad aprir la bocca per darle fiato, altrimenti mi tocca ingozzarmi di quella melma oleosa che di commestibile sembrerebbe non avere niente.

- Perdoni la mia ingenuità... - esordisco con qualche imbarazzo.

- Macché perdonare! - per un istante il mio interlocutore smette di infilarsi il cucchiaio in bocca. - E poi la sua *ingenuità!* Non si intitola forse *L'ingenuo sono io* lo spettacolo di cui è protagonista? - E senza attendere ulteriori delucidazioni da parte mai prosegue imperterrito tra un sorso di brodo e una mezza frase accompagnata da un pezzo di pane: - E allora perché dovrei perdonare la sua *ingenuità?* Badi bene che in teatro non si perdona mai nulla a nessuno. Il giudizio cdl critico è sempre severo, come altrettanto inappellabile è quello del pubblico. Mi spiego: lei è *ingenuo* nella finzione della rappresentazione teatrale che lascia un alito, uno strascico anche nella vita reale, quotidiana, in quanto ciò che si rappresenta in qualche modo, volenti o nolenti, lo si é. E se non lo si è, lo si diventa. Chiaro? -

Non mi è per nulla chiara la sua tarantella, ma annuisco lo stesso per tenerlo buono il piú a lungo possibile. In fin dei conti la mia *mission impossible* è quella di rabbonirlo, non certo di contraddirlo o di mettergli il bastone tra le ruote. E per dargli ancor piú soddisfazione mi sciroppo una disgustosa porzione di quel pessimo minestrone.

- Quando scatta la molla dell'*ingenuità* si torna bambini, ma si resta per sempre *attori*, nevvero? -

Quel *nevvero* mi fa sobbalzare sulla sedia. Una rondella di carota del minestrone mi cade dal cucchiaio e genera una piccola eruzione di magma, uno spruzzo di lava incandescente mi colpisce in pieno petto, proprio sulla camicia bianca fresca che avevo indossato per l'occasione. Ti pareva! Simulando la massima tranquillità come se si trattasse di una cosa da nulla, mi strofino lentamente il tovaiolo sulla gigantesca macchia che, ne sono quasi certo, suscita una sottile ilarità nel mio commensale che sorride della mia goffaggine.

- Dunque lei vuole parlarmi di una *questione teatrale* che probabilmente la riguarda molto da vicino, nevvero? -

Balbetto solo un laconico: *in effetti…*

- Sono certo caro amico che è venuto per difendere il suo lavoro, la sua *performance,* nel rovello, nel dubbio che coglie sempre gli artisti di non aver centrato il bersaglio, di aver eseguito la loro arte sottotono, di non aver convinto né il pubblico né il Grande Critico, ovvero il sottoscritto, presente in via del tutto eccezionale in quella saletta che definire *teatro* è un oltraggio alla Musa Melpomene, pro-

tettrice dell'arte drammatica. Vogliamo dunque chiamare
ciò che voi giovani teatranti d'oggi definite *spazio* col suo
vero nome, ossia *topaia?* -
Mi guarda dritto negli occhi, come se volesse provocare
una mia reazione. Il discorso in effetti non mi sconfinfera:
topaia il teatro in cui mi esibisco? Mah, che dire! A me al
contrario pare una sala coi fiocchi, poltrone di velluto,
lampadari di cristallo, una bella ragazza a far da *mascherina,
cassierina, aiutoregista e attricetta...* eccetera eccetera. Sentir
dire che si tratterebbe di una *topaia* abitata da ratti e sca-
rafaggi non mi va proprio giú, proprio come il minestrone
che mi verso in bocca piú per tapparmela che per
soddisfare il palato.   Oh! Non sono mica il Gregor Samsa
della *Matamorfosi* di Kafka! Anche se... anche se, sto
riflettendo... potrei sempre diventarlo, non dico uno
scarafaggio vero e proprio, ci mancherebbe!, ma proprio il
personaggio del romanzo da tradurre sul palcoscenico.
Starei bene nei panni di Gregor, e pure in quelli dello
scarafaggio, sempre per finzione scenica s'intende.
Guardo la sbobba nel piatto, mi accorgo di essermici
immerso fino al collo come nelle sabbie mobili di una
palude rancida e melmosa. Un insopportabile peso sullo
stomaco mi risale lungo l'esofago e mi preme in gola
come se stessi per vomitare. Sono certo, anzi certissimo!,
che se aprissi bocca ora sarebbe solo per liberarmi le
budella.
- Abbiamo mangiato troppo, nevvero? - provoca il Grande Critico. - Si sa del resto che i comici non sono abituati
alla pancia piena, che poi è condizione per una recita
venuta male tra rigurgiti, rutti e, se mi permette, qualche

scorreggina di troppo. Succede anche questo ai grandi attori nello sforzo dell'interpretazione e della concentrazione... -

Vorrei mandarlo al diavolo, ma se pure riuscissi a dire una parola con la bocca incollata dall'intingolo che mi ha lasciato un gusto ripugnante sulle papille gustative della lingua e del palato, c'è quel suo reiterato *nevvero,* un *nevvero* spaventosamente *de ja vú,* già abbondantemente visto e sentito, a paralizzarmi i muscoli delle mascelle. Sono al centro di un gigantesco equivoco? O di un complotto? O ancora di un imbroglio? Cosa ci può essere dietro questa *messinscena* di cui mi credevo protagonista e che invece mi trasforma di colpo in cavia da esperimento? Vattelapesca, mi sussurra una vocina interiore che farei meglio ad ascoltare invece di rimanere con lo sguardo fisso nel brodo di non si sa bene cosa.

Il mio silenzio, la mia mancanza di reazione, scatena il Grande Critico che allora si sente in diritto e forse in dovere di condurre la conversazione a senso unico, cioè il suo, blaterare come un oracolo sfornando citazioni a menadito che mi scivolano addosso come la brodaglia tracima dal cucchiaio che continuo meccanicamente, tra il trasognato e l'attonito o assente, a rimestare nel piatto. Grotowskj, Stanislawsky, Majakowsky e non so quanti *aski* e *osky* del cavolo... ed ecco che come per magia, non fai in tempo a nominarlo che il diavolo si presenta, rinvengo un pezzo di cavolo nel brodo. Quando si dice la materializzazione del pensiero inconscio! Volano paroloni nel mio orecchio per uscire svuotati di senso dall'altra parte: teoria del personaggio, concentrazione, calarsi nel ruolo, introspezione, interpretazione, dizione, impostazione della voce e del corpo, costruzione della figura drammatica, improvvisazione, mettersi la maschera, infrangere la *quarta parete* (almeno questa la so, me l'ha spiegata a suo tempo Mirtilla), produrre la catarsi. Mi sento girare la testa e davanti a me nel piatto gira anche la minestra in un gorgo infernale che mi trascina giú, sempre piú giú.

Uno strano torpore mi pervade le membra, i suoni mi giungono ovattati, lontani, poi d'improvviso assordanti, la realtà si sfracella in una miriadi di pezzi come schegge di uno specchio in frantumi, il tavolo da pranzo mi si allunga davanti come un corridoio infinito, una porta dell'Inferno che si apre e si chiude, è la bocca del Grande Critico in cui mi vedo comparire tra i denti che stritolano la mia marionetta emanando sbuffi di fumo dall'odore nauseabondo, di zolfo, e io grido, grido… ma sono veramente io che grido o è qualcun altro che grida in me, che urla di dolore lancinante mentre le sue ossa vengono triturate e risputate fuori, lontano, in giardino.

Mi risveglio dall'incubo davanti al cancello della villa da cui sto per uscire. Flip mi gira intorno abbaiando e ringhiando come un vero cane da guardia: mi sembra un molosso, anche se so che si tratta di un minuscolo sacco di pulci, un barboncino dall'aria tanto cattiva quanto un criceto che vuol fare la voce grossa. Ho un vuoto di memoria, la mente vacilla, non ricordo cosa è successo, quanto tempo sia trascorso dal mio arrivo. So solo che me ne vado così come sono venuto: a mani vuote e senza nessuna certezza di una buona recensione della mia interpretazione. Saranno sicuramente dolori di pancia quando uscirà la critica che mi riguarda. Del resto i dolori di pancia me li sento già addosso, dentro le viscere, le budella si stanno torcendo, spingono il malloppo che ho ingurgitato quasi costretto a mangiare da una forza misteriosa e irresistibile. La famosa *scorreggina dell'attore a pancia piena* su cui sono stato edotto dal Grande Critico ora si fa largo in me, fuori di me all'improvviso come un rullo di tamburi accompagnato dal contraccolpo di una fragorosa grancassa. Non posso fare altro che calarmi i pantaloni e liberarmi il prima possibile del materiale inerte, inutile che cova in me dopo la digestione del pranzo. Un grazioso cespuglio di roselline fresche appena sbocciate mi fa da provvidenziale paravento. Perfino Flip smette di latrare come rispettoso del prodotto della natura umana di cui siamo tutti capaci: la merda, quella stessa merda che noi teatranti sempre invochiamo, metaforicamente parlando, come portafortuna e stato di grazia. Beh, penso che di fortuna ne avrò parecchia, se la superstizione a proposito dell'escremento umano dovesse mai trovare conferma: ne lascio infatti una montagna, uguale in ampiezza e consistenza al minestrone servitomi a pranzo. Posso ben dire di aver contribuito alla concimazione biologica del giardinetto della villa del Grande Critico! Finalmente libero del fardello interiore, sgambetto verso l'uscita e mi tiro dietro il cancello arrugginito che mi si richiude alle spalle con un cavernoso tonfo dal suono metallico che si ripercuote per vibrazione lungo tutto il perimetro della recinzione metallica della proprietà.

7.

- Ti sei fatto invitare a pranzo dal Grande Critico? Ma sei cretino? Ci fai o ci sei? - mi apostrofa l'Istrione Allampanato al mio ritorno dandomi la sensazione di sapere già l'esito del mio incontro senza che io gli abbia ancora confidato nulla. - Ti ha invitato lui, d'accordo, ma questo non è un buon motivo. Dovevi rifiutare, inventarti una scusa, che so? Dire che avevi un appuntamento importante, scusarti, esporre la tua *prece,* sì insomma la tua causa da perorare e svignartela. Così invece hai messo in discussione la tua dignità professionale. Un attore non si fa invitare da un Grande Critico, non mangia a sbafo da lui. Un attore che accetta il cibo da un Grande Critico non è un professionista, ma un dilettante, ovvero un cane affamato che prende l'osso dal primo che glielo porge. -
- Io che ne sapevo di tutto questo? -
- La legge non ammette ignoranza. E lo stesso vale per le leggi non scritte di chi opera nel nostro settore. -
- E sarebbe questo settore? - l'affermazione mi fa venire in mente le parole dell'Agente teatrale che vorrebbe mettere sotto contratto la mia voce.
- Non sarebbe, è lo *show businnes!* -
- Mi pare di averlo già sentito da qualche parte questo termine. Proprio oggi ho incontrato… -
- Lo so, qualcuno che ti ha intortato sapendo che volevi ottenere una buona critica. Lo conosco quel tipo, è un attorello di terz'ordine, invidioso del tuo successo, che ti

ha voluto far perdere tempo, montarti la testa, rigirato e infilzato come si fa con un pollo allo spiedo, nevvero? -
- Anche lui diceva sempre nevvero, nevvero di qua e nevvero di là ed anche il Grande Critico. -
- Ti meraviglia il fatto che persone dello stesso ambiente parlino la stessa lingua usando termini simili o identici? -
- C'è qualcosa che non mi quadra in questa storia. -
- Sei tu a non quadrare, ad essere fuori quadro. Col rischio di restare fuori squadra. Siamo sinceri, siamo obiettivi, non posso mica portati dietro come un peso, dovrò per forza di cose rinunciare alle tue prestazioni se mi diventi inutile e controproducente per il successo dello spettacolo. Guai se il Grande Critico ora dovesse fare uscire una *stroncatura,* sarei costretto ad espellerti come si fa… -
- Con la merda, intende dire? - faccio nascere in lui un angoscioso sospetto.
- Non vorrai dirmi che ti sei permesso…? -
- Sì, mi sono permesso. Eccome! - ho la faccia tosta di intestardirmi.
- E dove l'avresti fatta? Sulla sedia? Sul tappeto? - sembra preoccupato e poi sbotta in una risata troppo robusta per non tradire una qualche vaga inceretezza: - Ma va là che mi stai prendendo in giro! -
- In giardino, l'ho fatta in giardino dietro un cespuglio perché mi scappava come un'eruzione che sbocca dal ventre di un vulcano. Contento? -
- Un cespuglio di rose fresche nel giardino della villa del Grande Critico? -
- Proprio così, come fa a saperlo? -

L'Istrione Allampanato mi guarda con gli spalancati in modo truce, storpia l'espressione storcendo il viso non sapendo se scoppiare a ridere o a piangere. Poi decide per l'accesso d'ira:

- Mannaggia la miseria lurida e bastarda! Gli hai anche imbrattato la sua amatissima pianta di *rosa canina*! -

- Che ne sa che si tratta della sua amatissima *rosa canina*? -

- Perché quando ci fa l'onore di una visita per scriverci una recensione si mette sempre una fresca rosellina all'occhiello, una rosellina di quel cespuglio su cui tu hai accidenti a te defecato come un selvaggio che non sa trattenere gli stimoli. -

- Vabbé ma sul mucchio di feci non c'è mica scritto il mio nome, potrebbe essere stato Flip. -

- E chi sarebbe questo Flip? Il suo cane? Quel barboncino che pare partorito da un topolino? E un animale di tale taglia secondo te genera un prodotto intestinale a misura di un uomo che si è ingozzato di sbobba immangiabile? -

- Che ne sa lei che era immangiabile? L'ha forse assaggiata prima di me? -

- Se l'hai mangiata te e se lui te l'ha "generosamente" offerta, vuol dire che era immangiabile, altrmenti non ti avrebbe invitato. Voleva semplicemente sbarazzarsene, trovare un canale di smaltimento, nevvero? -

- E l'ha trovato, non ne dubiti! -

- Oh my god! E ora? -

- E ora, niente. Cosa fatta capo ha. Speriamo che non se ne accorga, che il processo di decomposizione si acceleri per qualche miracolo della microbiologia o l'assistenza di mosche, moscerini e formiche. -

- Ahimé, ci siamo ridotti a confidare nelle formiche e nei moscerini - si prende la testa tra le mani in segno di disperazione. - Ci saranno conseguenze, vedrai domani sul *Corriere dello Spettacolo* che stroncatura, ti sei rovinato la carriera se quello si vendica della lordatura, amico mio! -
- Ma quale carriera! - mi ribello. - Io non volevo fare l'attore e neppure l'autore di teatro, mi ci avete costretto voi due montandomi la testa! -
- Noi due? Ma io che c'entro, non ho fatto nulla, io! - piagnucola Mirtilla.
- Sì, proprio voi due. La *strana coppia!* Tu con due paraurti anteriori da far risvegliare un eunuco ebbro di bromuro; e il tuo degno compare, l'Istrione Allampanato coi suoi stramaledetti *nevvero,* mi avete girato e rigirato come un calzino, uffa! -
Restano entrambi interdetti, di sasso direbbe chi sa scrivere meglio di me, del resto non pondero al momento le parole ma penso solo a concludere trionfalmente la mia *sparata.*
- Sapete ora che faccio? Me ne vado a nanna e buonanotte ai suonatori! -
Li pianto in asso e mi eclisso nel camerino per andarmi a sprofondare nel mio giaciglio. Cado all'istante in un sonno profondo come ottenebrato da una qualche strana pozione soporifera che obnubila la mente.
La notte mi riserva comunque una gradita sorpresa. Mirtilla zitta zitta come una gattina in cerca di calore mi si accuccia accanto, si stringe a me, mi tampona, mi tampina, mi si strofina addosso. E finalmente succede quel che da sempre poteva, anzi doveva succedere. Non entro nei

particolari, primo perché sono un gentiluomo e, secondo, perché non ricordo nulla al risveglio. Del resto che importa se ho sognato o se ho *fantasmagorizzato* (caspita, che parolana mi è uscita di bocca!) una realtà virtuale, qualora essa, la realtà, sembra piú vera, o verosimile per essere piú precisi, di una costruzione onirica?

Certo che l'incubo della *stroncatura* sul *Corriere dello Settacolo* mi procura qualche ansia nel subconscio, così non riesco a godermi il momento magico della congiunzione carnale con Mirtilla. Finzione? Sogno? Realtà? Fantasia erotica? Un po' di tutto ciò, basta sapersi accontentare di quel che passa il convento.

Se dolce è la notte, brusco è il risveglio. Il posticino accanto a me dove si era accucciata Mirtilla è ora freddo e vuoto come il sepolcro di un antico romano, apro gli occhi di scatto perché il cadavere vivente dell'Istrione Allampanato mi batte sulla spalla e mi soffia in pieno viso il suo fetido alito che è un misto di aglio, cipolla e qualcos'altro che non riesco a decodificare, forse formaggio rancido. Svegliarsi così di soprassalto è come essere invitato a un barbecue da Satana in persona! Il cadavere vivente continua a picchiettarmi in testa una copia arrotolata del *Giornale dello Spettacolo,* come un manganello in mano ad un poliziotto inferocito in una manifestazione studentesca.

- È uscita la recensione, mannaggia la miseria! - continua a scuotermi neanche fossi un sacco di patate. Il suo tono da funerale non mi fa presagire nulla di buono. Sospiro un *vabbé* disinteressato e sbadiglio stendendo le braccia. In fin dei conti c'era da aspettarselo, del resto devo fare il callo alle critiche negative: non si può piacere a tutti, soprattutto non tutti possono andare a genio al Grande Critico che di teatro ne sa una piú del diavolo.

- È molto brutta? - simulo un certo disinteresse.

Ecco, mi dico, ora arriva un *negativissima*, oppure un *pessima,* o ancora un *disastrosa,* accompagnato da un *siamo rovinati!*

Invece, *mutatis mutandis,* l'Istrione Allampanato mi fa esplodere nei timpani una risata grottesca, pantagruelica, cavernicola, primitiva, esoterica... basta così con gli aggettivi, diciamo solo come quella di Polifemo quando si mangia i marinai di Ulisse.

- È bellissima, testone, senti qui - e comincia a leggere dopo essersi schiarito la voce con un gargarismo da ugola d'oro: - Ordunque...

Lo spettacolo è una possessione visionaria, un autentico attentato all'uomo e al retaggio strutturale della sua narrazione, oscena apparizione di un Satiro con gambe caprine e zoccoli, puro sberleffo del senso. Secondo l'Autore e Interprete, il Sign. XY, infatti la comicità non è un riflesso del sociale, è manifestazione indecente, dionisiaca e amorale che sconquassa l'ordine proiettato dall'uomo sulle cose, un cortocircuito tra quel caos meraviglioso che è la natura e il senso che la razza umana gli ha arbitrariamente proiettato. Il Fauno archetipico, dunque, si ridesterà su uno sfondo rarefatto e surreale, cantando il fallimento universale.

Si interrompe, mi guarda con due occhi grandi come due uova al tegamino per la sorpresa e sospira: - Capisci? -

- Mica tanto, e poi la storia del fallimento universale sinceramente non mi sconfinfera proprio. -

- Ora capirai meglio, ascolta...

XY, creatore del tragico e al contempo esilarante benché demoniaco personaggio di "Scacazzo"... Beh qui te la sei andata proprio a cercare visto che gli hai scacazzato il cespuglio di rose, ma continuiamo... *si definisce a ragione il più grande comico morente. Il che pur rappresentando un ossimoro, una contraddizione nei termini, si avvicina al vero. Nel senso che solo dal comico che muore può nascere un comico capace di esorcizzare la morte stessa e quindi ridere della propria fine. Non per niente la figura di Pulcinella, risalente all'antichità etrusca e alla farsa atellana, nasce dall'uovo come il pulcino, uovo simbolo di rinascita e di fecondità.*

Mirtilla si affaccia col volto stralunato dalla meraviglia, indossa un accapatoio bianco e ha i capelli ancora insaponati di shampoo come se avesse lasciato di corsa la cabina doccia udendo la lettura a voce alta e chiara. E rimarca il finalino: *di rinascita e di fecondità.*

È in questo meraviglioso e arcano grumo di sangue lo spazio teatrale in cui si immerge trascinadoci con sé XY che tramuta il grembiule bianco di Pulcinella in un moderno abbigliamento intimo, mutandoni e canotta altrettanto bianche e sgargianti, mantenendo però il nero che lo incupisce sul volto, la barba folta e ispida, come una maschera risalente alla notte dei tempi.

E Mirtilla premendosi il polpastrello sul mento sempre più stupita: *la notte dei tempi!*

XY ridisegna così il cammino dell'umanità attraverso la tragedia del capro espiatorio, inizialmente rivestito di una pesante pelliccia come si usava nelle antiche tragedie attiche, la pelle del capro indossata per ingannare Dioniso e incantarlo con la recita della propria tragedia umana (da qui "tragos" capra e "oedia" canto) guidato da un fauno che rappresenta il Dio incarnatosi per ascoltare il lamento. E pare pure che il Dio-Fauno caschi nell'imbroglio e conceda attenzione alla creatura che cerca di tagliare i fili del proprio destino.

Povera ragazza, in preda quasi al visibilio torna a ripetere come se fosse una formula magica: *tagliare i fili del proprio destino!*

Così il "pesce" o l'uccello che l'Attore invoca e si tocca come una presenza fallica e simbolo di vitalità spumeggiante è un'invocazione alle orge bacchiche che il Dio-Fauno si appresta a scatenare previa fustigazione e sacrificio del capro espiatorio, ora scopertamente e tragicamente umano e non più caprino, che sopporta con tracotante ostinazione e propensione al male tutti i colpi del fato mandati dal Dio.

Ora Mirtilla si cruccia e assume un'aria preoccupata ripassando le parole: *tutti i colpi del fato mandati dal Dio.*

Lo spettacolo di XY è un vero e proprio pezzo di storia del teatro che rivive nella sua essenza più pura, primigenia. È un salto di millenni all'indietro, ma - intendiamoci - ciò per prendere slancio per compiere un portentoso passo in avanti con gli stivali delle Sette leghe dell'arte. In un attimo si annullano infatti drammaturgie sul palcoscenico, si cancellano copioni e scenari, si azzerano marchingegni, si spengono i fuochi fatui della commedia borghese. Sulla scena non resta che la catena del sangue, del ghénos che raccorda in catarsi pubblico e attore in una osmosi che trasforma la vittima in carnefice di chi lo sta a sentire in un ribaltamento di piani e di emozioni: ora è lui, il capro espiatorio, a fustigare noi spettatori che saliamo sull'altare su cui dobbiamo essere a nostra volta immolati.

Il timore di Mirtilla si fa quasi tremore, forse per il freddo essendo ancora tutta bagnata e a piedi scalzi, ma senz'altro anche per il peso specifico di quanto riesce a percepire: *noi spettatori che saliamo sull'altare su cui dobbiamo essere a nostra volta immolati.*

E di colpo svanisce anche il concetto di "sperimentazione", se ancora si può parlare di qualcosa che le assomigli. Riletture di Pirandello, riscritture shakespeariane, Perlini e Carmelo Bene, Rem&Cap, Quartullo e Leo: possono andare tutti quanti a farsi benedire. Il teatro ritorna con XY nel suo punto lucreziano in cui non c'è nulla eppure, in esso, c'è il tutto. Al punto di partenza insomma inteso come destinazione finale oltre la quale non c'è che il vuoto privo di senso.

La fanciulla mi guarda con aria spaesata: *il vuoto privo di senso.*

È qui allora che XY sembra incarnarsi in figure che nascono dalla follia e dal sangue barbarico di un McBeth o di un Enrico IV: proprio perché il disvelamento può essere operato drammaturgicamente solo dalla pazzia più estrema. L'esilarante olimpiade dei tic nervosi o le telefonate al numero verde della follia sono i sintomi di un male estremo, la vita, che ci costringe ad indossare maschere e personalità, identità che non ci appartengono. Così XY rende il suo capro espiatorio alla stregua di una vittima sociale che nasconde se stesso a se stesso, che diventa altro da sé per gli altri mentre il Fauno batte i piedi e continua a ricordargli che la vita è una corsa verso il dolore e il nulla: non si faccia troppo illusioni lui, l'Uomo. Meglio quindi imbrogliare i fili del destino, barare con le carte, fingere di essere pazzo... o esserlo al fine per davvero così da ridere e godere del proprio male e delle proprie miserie e sofferenze.

Di colpo si spalanca lo splendido sorriso di Mirtilla: *così da ridere e godere del proprio male e delle proprie miserie e sofferenze.*

Uno spettacolo da non perdere, da studiare, da rileggere alla luce di un paio di testi, come ad esempio Le origini della tragedia e del tragico di Mario Untersteiner.

Mirtilla finalmente libera da ogni preoccupazione intuisce, dopo aver temuto e poi sperato per me, che si tratta del mio trionfo, della mia apoteosi, del mio apogeo: con uno scatto da pantera mi salta addosso con un impeto che la brava e bella ragazza non sa trattenere, e comincia a baciarmi la fronte, le guance, la bocca. Le si slaccia la cinta del candido accapatoio e il suo corpo ancora umido e profumato di bagnoschiuma mi inebria al pari della recensione del Grande Critico. Il tutto mentre l'Istrione Allampanato bofonchia *ottimo, fantastico, bel colpo*. Fino al fatidico *bravo bravissimo!* Che mi fa girare la testa (come le due *mele delizie* che Mirtilla mi sventola impudicamente sotto il naso!).

- Un successone! Altro che stroncatura! Una critica che sposta l'asse professionale e il tuo personale orizzonte degli eventi in qualità di autore e interprete dal livello amatoriale, dilettantesco, insino alle vette piú alte e nobili dell'arte drammatica, nevvero? -

Mirtilla non perde tempo e aggiunge carne sul fuoco: - Stasera avremo un mucchio di gente, un *pienone,* gli spettatori faranno la fila fuori dal teatro. Sento già il telefono squillare al botteghino per le prenotazioni. -

In effetti sento trillare insistentemente dal lontano botteghino.

- Peccato però che il teatro sia piccolo per occasioni come questa - lamenta l'Istrione Allampanato - un'occasione piú unica che rara. Qui ci vorrebbero almeno mille

poltrone. Ne abbiamo poche, ma ce le faremo bastare. Beh ora vatti a riposare un po', sarà dura stasera tenere il pubblico, dovrai dare tutto te stesso . -
- Farò del mio meglio. -
- Il meglio non basta, qui ci vuole l'ottimo, l'eccelso, il superlativo! -
Il telefono del botteghino continua a squillare per tutto il pomeriggio. Potrei mettere la testa sotto il cuscino per non sentirlo, riposare in attesa del debutto, ma qualcosa, chiamiamolo orgoglio o presunzione, mi fa stare con le orecchie bene aperte perché in fin dei conti stanno cercando tutti me, muoiono dalla voglia di vedermi, di sentirmi recitare. E la cosa non mi lascia indifferente anzi, ne sono onorato e mi esalta. Fatto sta che il dolce *driin-driin* del telefono mi fa da ninna-nanna, come un melodioso canto di gloria intonato dalla Musa. Mi sogno col capo cinto di alloro, portato in trionfo, ammirato, amato, osannato, invidiato, corteggiato...
- Chi è di scena! - mi sveglia di soprassalto l'Istrione Allampanato con la tipica frase con cui si chiamano gli attori a prendere posto sul palco per l'apertura del sipario.
- Ma devo ancora truccarmi! - cerco di ribellarmi agli spintoni con cui vengo sospinto in scena.
- Ma che trucco e trucco, tu non hai bisogno di trucchi, piaci così come sei, *ingenuo!* -
Non faccio in tempo a sistemarmi la camicia nei pantaloni che vengo sorpreso dal pubblico con la bottega aperta e le scarpe slacciate. La prima risata della platea è automatica, immancabile, manco l'avessi fatto apposta! Poi in sala cala il silenzio. Un occhio di bue mi punta un

fascio di luce che mi segue come l'ombra segue il corpo. Forse dovrei dire qualcosa, ma non ricordo la battuta. Inciampo e cado rovinosamente. Altra risata del pubblico. Alché mi alzo, sbircio in platea e noto un figura familiare seduta in prima fila, ma sì è proprio lui, l'Agente teatrale che mi ha stretto la mano anticipando il contratto per scritturare la mia voce, mi sorride come un pescecane davanti a un merluzzo. Sì, dovrei proprio dire qualcosa. Ma cosa? Non ricordo il copione, e non ricordo neppure se ho mai avuto un copione. Probabilmente no. Allora non mi resta che improvvisare, aprire la bocca e darle fiato, ci provo, mi sforzo, ma non esce niente, solo un sibilo, come se l'aria fuoriuscisse dai polmoni come la pressione da un pallone bucato. Non solo non ho parole, ma non ho neppure suoni da emettere. È una tragedia. Il pubblico comincerà a fischiare, comincio a temere, il disastro ahimé sarà completo.

Con mio grande stupore invece sento puntati su di me decine, forse centinaia o perché no? migliaia di sguardi che pendono dalle mie labbra in attesa in un significato, di un suono, di un segno di vita che non vuole proprio uscire dalla mia gola. Mi porto le mani al collo non per strozzarmi, nossignori, ma per spremermelo affinché esca qualcosa da me. Invece niente. Divento paonazzo, sento il sangue salirmi alla testa, comincio a soffocare, mi manca l'ossigeno, boccheggio rantolando sulle tavole del palcoscenico. A questo punto avviene il miracolo: dalla platea parte un applauso, inizialmente solitario e timido, con la coda dell'occhio mi accorgo che è l'Agente teatrale seduto in prima fila a dare il via. E il pubblico con mia grande sorpresa invece di fischiarmi e mandarmi al diavolo imita la *claque* dedicandomi una crescente ovazione, una vera e propria, alquanto immeritata a dir la verità, *standing ovation*. Mi appiattisco come morto sul palco: è un trionfo di pubblico! Si chiude il sipario, che liberazione!

- Ottimo lavoro! - si congratula l'Istrione Allampanato raggiungendomi nel camerino.

- Ma se non ho fatto nulla, anzi meno di niente, non riuscivo nemmeno a respirare - obbietto.

- È un'arte, nevvero, anche quella di trasformare il classico blocco dell'attore che non ricorda nulla della sua parte in una parte memorabile: tu hai interpretato in maniera altamente realistica e memorabile il ruolo dell'ingenuo che dimentica la parte. -

- Sarà - sospiro guardandomi nello specchio senza riconoscermi. Chi è quell'individuo di fronte a me? Ghigna come uno squalo davanti ad un merluzzo fresco. Sono io o non sono io? E se non sono io, io chi sono? Il Grande Critico, l'Istrione Allampanato oppure l'Agente teatrale, tutti coi loro stramaledetti *nevvero?*

Non faccio in tempo a estrapolare dallo specchio un'immagine distinta in quel *tourbillon* di volti che mi si affastellano nella mente perché Mirtilla irrompe in camerino chiudendosi la porta alle spalle. Dal corridoio sento un gran brusio.

- Il pubblico ti reclama, vuole vederti, congratularsi, stringerti la mano, avere il tuo autografo... ci sono anche dei *vip*, sbrigati dai, non farli aspettare! -

- Sono tutti matti, siamo tutti matti - esclamo mettendomi a disposizione dei miei novelli *fans.*

- Vai vai - mi incita l'Istrione Allampanato. - Poi domani parliamo del futuro. -
Accidenti quanti sono! Tanti spettatori in fila lungo il corridoio antistante il camerino mi aspettano per complimentarsi, abbracciarmi, darmi pacche sulla spalla, buffetti, sorrisi, bacetti unti di rossetto, strette di mano. Sembra che non abbiano mai visto un attore! Mi faccio coraggio dopo averli sbirciati dalla porticina socchiusa ed esco come un pulcino che cade dal nido. Un battimani spropositato mi accoglie e mi fa un po' vergognare, dico la verità, poiché tutto sommato non ho fatto altro che recitare la parte di uno che non sa recitare. Evidentemente l'ho interpretata così bene da essere più che convincente. Firmo autografi a raffica, mi faccio immortalare sorridente nei *selfie* di persone sconosciute che un domani potrebbero millantare la mia amicizia. Ma questo è lo scotto del successo, il rovescio della medaglia della popolarità, il conto da pagare per trovarsi sulla cresta dell'onda: inutile opporsi alla corrente che ti porta in alto, mi dico, costi quel che costi. La processione del pubblico in visibilio venuto a manifestarmi il suo gradimento in camerino mi scorre lentamente davanti: tanti volti come *frame* di un lungometraggio con una miriade di personaggi, sinceramente troppi per fissarli nella memoria. Senonché l'ultimo spettatore a farmi visita è una mia recente conoscenza, colui che in prima fila mi mostrava i denti come uno squalo ad un merluzzo di passaggio: l'Agente teatrale al quale avevo fatto qualche vaga promessa a proposito di una eventuale scrittura-contratto per la mia voce a suo dire sublime.

- Un autografo, prego - va per le spicce porgendomi carta e penna. La richiesta non mi stupisce più di tanto, anzi sono certo che la sua ammirazione nei miei confronti non abbia limiti.

- Volentieri- esclamo ricevendo la penna dalle sue mani. E appongo il mio autografo sul foglio candido, bianco come una coperta di neve immacolata, non un segno, una macchia una sfumatura sulla superficie cartacea. Ma nel restituirgli la biro noto un lampo luciferino nel suo sguardo.

- Grazie - mi fa con tono eccessivamente ossequioso, al limite di una sottile, strisciante e irritante ironia.

- Non c'è di che - sussurro impressionato perché sento che qualcosa non quadra. C'è forse del marcio in Danimarca penso emulando Amleto. Mi basta poco per capire, abbasso nuovamente lo sguardo sul foglio che era assolutamente privo di segni, lo giuro sulla testa di mia madre, e vedo comparire dapprima in trasparenza, poi sempre più distintamente un testo, una forma contrattuale, con codici e codicilli, cavilli da azzeccagarbugli su cui compare la dicitura: cessione diritti tutti!

- Ehi accidenti! - esclamo inviperito avvedendomi del trucco da quattro soldi del prestigiatore truffaldino ma alquanto inesperto che lascia trapelare l'inganno.

Tento di strappare via il foglio dalle mani dell'imbroglione, ma mi ritrovo ad annaspare come un pesce fuor d'acqua poiché del mio interlocutore non c'è più traccia. Cerco di urlare al ladro! Al ladro! Ma dalle mia bocca escono ancora una volta strani e indecifrabili geroglifici. I miei fans fraintendono i miei spasimi e interpretano la mia voce pilotata da un altro che non sono io come un bis insperato, cosicché invece di inseguire e scovare il furfante che si è legalmente, benché con l'inganno, impadronito della mia voce per farne un suo business, si sbellicano dalle risate come i bambini allo zoo davanti allo show di un orso ammaestrato.

Esaurita la teoria degli spettatori che mi stringono la mano e mi gettano le braccia al collo si fa avanti l'Istrione Allampanato che in controluce sembra lo spettro di don Chischotte: talmente diafano e volatile che le lampade lo attraversano col loro gelido riverbero. Deve aver assistito alla scena della mia improvvida firma sul foglio messomi sotto il naso con la scusa di un autografo dall'Agente Teatrale.

- Incosciente - mi rimprovera - sei proprio un fottutissimo ingenuo, come nella *piéce* che interpreti. Uno sprovveduto, un babbeo, e qui mi fermo. -

- Forse ci stiamo fasciando la testa prima di essercela rotta - cerco di sminuire il problema

- Come no, come no! E tu ti illudi davvero che un Agente Teatrale perda tempo a farsi firmare un autografo da te? Se lo ha fatto vuol dire che sotto c'è il trucco, caro mio! -

- Che trucco? - piagnucolo spaventato.

- E che ne so io cosa passa per la testa di un Agente Teatrale? Quale piano possa produrre la sua mente bacata dedita solo a fottere il prossimo. Non ho mica la palla di vetro, o come si chiama quella roba lì, sì insomma la sfera di cristallo, nevvero! -

- Ci sarà pure un rimedio legale, una scappatoia, un cavillo cui appellarsi e al quale aggrapparsi. In fin dei conti la firma mi è stata estorta con l'inganno. Un raggiro vero e proprio, l'inchiostro simpatico che compare sul foglio all'improvviso, quando la frittata è bella che fatta! -

Mi fulmina con lo sguardo: - Zitto, fammi pensare. -

Comincia a fare su e giú meditabondo toccandosi il mento. Si arresta di colpo come fulminato da un'idea brillante: - Per prima cosa bisogna mettere in sicurezza i tuoi risparmi. Ne hai? -

- I miei risparmi? Certo qualcosa da parte... -

- Ed anche le tue proprietà. Ne hai? -

- Poca roba, ma... -

- Paura ne hai? Fossi al posto tuo ce l'avrei. Quindi fa come dico. -

- Paura di che dovrei avere? -

- Potrebbe farti causa per inadempienza o per soprav-venuta onerosità del contratto se non gli produci gli utili che saranno certamente previsti dalla scrittura che hai firmato. -

- Sinceramente non sono edotto su questi aspetti. -

- Bravo. Ma la legge non ammette ignoranza né ingenuità. Dura lex sed lex. Essere fessi, nevvero, non è mai una buona scusa, soprattutto in giudizio. -

E ricomincia a rimurginare.

- Allora che si fa? - interrompo il suo soliloquio.

- Qui ci vuole un Principe del Foro. -

- Per fare che cosa? -

- Questo devi chiederlo a lui. -

- Lui... chi? -

- L'Avvoltoio, scusa volevo dire l'Avvocato. Ce ne è giusto uno disponibile che segue le questioni legali e burocratiche della nostra compagnia. Il caso vuole che stasera sia venuto a vedere lo spettacolo. Se vuoi te lo presento, anche se non ce ne sarebbe bisogno perché gli hai firmato un autografo. -
- Anche a lui? Beh, facciamolo accomodare, se è così gentile da consigliarci. -
Come se avesse sentito le mie parole origliando il nostro dialogo fa capolino un omino compito, vestito elegantemente con un gessato forse un po' eccessivo che lo fa sembrare un Al Capone in miniatura, ossia un Al Capino... fortuna che mi resta ancora un po' di voglia di scherzare! Profuma come un crisantemo tenuto in vita per l'ennesimo funerale con una spruzzata di lacca per capelli e di deodorante a buon mercato. Un *borsalino* troppo grosso per la sua testa gli nasconde le calvizie che si rivelano nella loro devastante entità quando si scappella e si toglie l'impemeabile per accomodarsi senza aver ricevuto alcun invito al mio fianco davanti allo specchio del trucco illuminato da una mezza dozzina (ovvero ben sei, le ho contate e ricontate) di lampadine. Una delle quali emana luce a intermittenza a causa di un falso contatto. Fissa su di me nello specchio il suo sguardo acuto, pungente, luciferino. Poi senza proferire parola apre la *Ventiquattrore*, estrae un fascicolo e me lo spiattella davanti.
- Firmi qui, qui e poi qui - mi indispone col suo tono perentorio.
Mi soffermo per qualche istante a studiare le carte. Sono stipulate in una lingua che non conosco, anche i caratteri

mi sono ignoti, potrebbero essere benissimo sanscrito o ostrogoto!

- Potrei almeno sapere di che si tratta? - prendo tempo.

- Non si fida? - mi trapassa da parte a parte con la sola luce dei suoi occhi smeraldo, che ora si incupiscono di un'ombra fino a velarsi di sangue.

- Non ti fidi? - rincara la dose l'Istrione Allampanato.

- Non ti fidi di noi, caro? - è la voce corrucciata di Mirtilla che mi fa sentire come un topo in trappola.

- Se devo firmare ancora vorrei almeno sapere di che si tratta - cerco di spiegarmi.

- Bene, bravo. Così si fa. Solo che doveva pensarci prima

- continua a rimproverarmi il Legale.

- Dovevi pensarci prima - fa eco l'Istrione Allampanato. Mirtilla invece ha il buon gusto di abbassare lo sguardo e tacere.

- Ora le illustro la situazione da un punto di vista giuridico. Con il suo comportamento scriteriato di po-c'anzi lei ha messo in serio pericolo l'esistenza stessa del Teatro e della Compagnia che io legalmente rappresento. Ha messo tutti noi e ha messo ancor di piú se stesso nelle mani di un volgare speculatore che prospera appropriandosi delle *performance* altrui, nevvero! -

Oh mio Dio, anche lui con questo maledetto *nevvero!*

E così prosegue: - Quando questo mariuolo matricolato si accorgerà che la sua voce vale meno di niente e che il suo testo sono parole vuote, perché tali sono, che farà secondo lei vedendosi sfuggire ogni possibilità di guadagno? Glielo dico io: cercherà di rivalersi portandola in tribunale per farsi pagare i danni. Nevvero! -

- Verissimo - soggiunge l'Istrione Allampanato: - Anch'io farei così, nevvero! -
- Firmi dunque, qui poi qui e qui. -
- Firma qui, poi qui e qui. -
- Qui qui qui - squittisce Mirtilla pestandomi i turgidi seni sulla schiena usandoli come respingenti per costringermi a piegarmi sul foglio, mentre il Legale mi mette in mano la penna e l'Istrione Allampanato comincia a scuotermi il braccio che prende a scarabocchiare da solo il mio nome sui fogli come per inerzia.

8.

E firmai. Firmai e rifirmai tutto quello che mi chiedevano di firmare, postille e avvertenze, note e capitolati, anche quello che non capivo o che non avrei voluto o dovuto, cioé tutto!

- Siamo salvi - si congratulò Mirtilla bancianomi la nuca.

- Ora ci vuole un bel brindisi - propose l'Istrione Allampanato.

Subito l'offerta fu accettata da tutti con entusiasmo che oggi definerei quantomeno sospetto.

- Ordunque, mentre noi sistemiamo le carte e chiudiamo il teatro precedici al bar qui di fronte e ordina per tutti. Ti raggiungiamo subito. -

- Dai dai dai - squittì ancora Mirtilla - mi metto carina carina per te, solo per te. Fammi trovare una bella coppa di prosecco con tante bollicine friccicanti - e continuando sottovoce a sussurrarmi all'orecchio - me ne potrai versare un po' nella scollatura e leccarmi come una spugnetta. -

Certo, avrei dovuto chiedermi se le spugnette si possono leccare o succhiare, ma li per li mi lasciai abbindolare.

- Happy hour per tutti, nevvero? -

- Nevvero! - fecero tutti in coro spedendomi ad ordinare al bar.

Così feci senza sospettare nulla. Mi sedetti al tavolino del bar, comandai l'ordinazione, una bottiglia di prosecco mi raccomando fredda con quattro coppe e un po' di stuzzichini. Mentre passavano i minuti cominciai a spilluzzicare una patatina, poi due, un'olivetta, qualche pizzetta.

Grande fu il mio stupore, ma avrei dovuto aspettarmelo, quando vidi passare veloce una vettura che mi parve di riconoscere. Ma certo, era uguale alla mia, quella che avevo lasciata in sosta vietata la sera della strana nevicata a Roma; e che nel frattempo era stata sommersa dal guano di uccellacci del malaugurio, dalle foglie dei platani e dalle centinaia, forse migliaia di multe appiccicate su tutti i finestrini e sul parabrezza. Sicuramente era proprio la mia macchina, la riconobbi dal numero di targa molto simile alla mia data di nascita, quindi inconfondibile. Ma era stranamente tirata a lucido, come nuova di zecca. A bordo cinque persone che non feci troppa fatica a riconoscere: l'Istrione Allampanato all guida, il Grande Critico intento a consultare una mappa di Roma sul sedile anteriore, Mirtilla stretta sul sedile posteriore tra il Legale dell'Impresa Teatrale e l'Agente Teatrale, tutti festanti come maschere a bordo di un carrozzone del carnevale di di Rio de Janeiro.

Sul tetto bene assicurati da una fune al portapacchi gli ingombranti requisiti teatrali che gli *scavalcamontagne,* gli attori girovaghi che passano da una *piazza* all'altra, da un paese sperduto ad una cittadina, sono soliti portarsi dietro. In cima alla catasta campeggiava la scritta luminosa ancora lampeggiante dell'insegna

TEATRO

Si erano dunque impadroniti della mia voce, del mio testo, delle mie idee drammaturgiche, delle mie stesse parole, del mio patrimonio personale, delle mie proprietà e della mia macchina lasciandomi con le rate ancora da pagare. Senza considerare il conto del bar!

Li vidi scomparire nella notte e alzai mestamente il calice del prosecchino per brindare alla loro astuzia e alla mia porca ingenuità.

Mi consolo pensando che probabilmente non fui il primo e non sarò l'ultimo che cade nell'illusione e nei sogni di gloria che fa baluginare il teatro che poi finisce sempre per farti rimettere tutto.

Il cameriere che mi serve al tavolo, torno al presente per far capire quanto la scottatura bruci ancora sulla mia carne viva, mi guarda con una certa compassione intuendo la situazione e mi porge il conto (che peraltro non so come saldare dal momento che si sono presi anche gli ultimi spiccioli nel mio portafoglio) con un sorriso rivelatore:

- Hanno fottuto anche lei, nevvero? -

All'ennesimo, ormai odioso e insopportabile al mio orecchio *nevvero* mi volto di scatto per reagire ma mi blocco scorgendo avanzare verso di me alle spalle del cameriere una fila di creditori inferociti lasciati a bocca asciutta dall'improvvisa chiusura del teatro.

9.

Finita qui? Annegato in un mare di debiti? Inseguito, malmenato e insultato dai creditori che sono stati buggerati dall'Istrione Allampanato al quale hanno ingenuamente fornito servizi e vettovaglie, materiali e quant'altro senza farsi pagare *cash* sull'unghia - come dicono a Roma intendendo il pagamento a *pronta cassa* e non a *babbo morto,* cioè mai? Neanche per sogno. Santo cielo! A me il teatro non è mai piaciuto, però non nego di averci preso gusto. Può essere che soddisfi il mio narcisismo, che so? Oppure può darsi che mi sia intestardito sulla base di una certa attrazione erotica per la dolce donzella che di nome fa, anzi faceva visto che si è dileguata insieme ai suoi complici teatranti, Mirtella: una più furfante degli altri.

Accidenti! La rabbia che mi ribolle nelle vene monta come panna montata, straripa, diventa una montagna. Devo pagare io per i quattro o cinque truffatori ai quali ho avuto la sfortuna di unirmi per inesperienza e scarsa conoscenza del mondo dello spettacolo in cui non ci si può fidare di nessuno, neppure di se stessi? Non sono mica scemo - matto sì, ma fesso no. No, non ci sto, mi ribello a questo mio destino di *cornuto e mazziato* che sembra già scritto per me, come un copione tetrale di cui sarei io mio malgrado il protagonista: quello che prende botte e calci nel sedere. Il tipico personaggio da *vieni avanti, cretino!* Così con geniale intuizione tiro fuori dal cilindro un *colpo di coda,* un gesto disperato che spiazza la folla di creditori che già credeva di vedermi battere in ritirata, prepitosamente in fuga. Già, invece di scappare, di darmela a gambe levate, salgo in piedi sulla sedia e mi metto ad arringare la moltitudine che mi attornia minacciosamente:

- Signori, calma. Non dovete prendervela con me, anch'io sono una vittima di questi lestofanti. Si spacciano per gente di teatro, per animali da palcoscenico, ma credetemi, sono solo animali, bestie, esemplari da zoo. L'arte drammatica non c'entra niente. A voi devono soldi, solo vile pecunia, a me devono ancora di più. Mi hanno sottratto il portafogli, i risparmi, la casa di proprietà, la macchina, si sono presi tutto, perfino la mia anima. Mi hanno lasciato praticamente in mutande. Se non avessi avuto addosso il costume di scena prima che si dileguassero nel nulla, ora sarei qui a parlarvi col pisello di fuori e le natiche scoperte, esposto alle più atroci torture di una massa inferocita quale siete. Perciò se ora mi vedete combinato come un pagliaccio, ebbene sappiate che non lo sono, nossignori!, non sono un clown come sembro così acconciato. Quindi se non volete veder svanire la speranza di essere risarciti, rimborsati e compensati per le vostre forniture, servizi e prestazioni, datemi retta: sono uno di voi nonostante le apparenze, fidatevi di me. -

- E perché dovremmo fidarci? - s'alza una voce dal coro. Prendo tempo per replicare con una risposta sensata che, comunque, ho già sulla punta della lingua. Li voglio solo far pendere per un po' dalle mie labbra per risultare più convincente come se le mie parole scaturissero da una lunga riflessione non da considerazioni improvvisate.

- Perché non avete nulla da perdere, almeno non più di quello che avete già perso. E poi farete sempre in tempo a suonarmele di santa ragione qualora dovesse fallire il mio piano. -
- Sarebbe, il piano? - insiste la voce.
- Mi farò finanziare dal Ministero dello Spettacolo a saldo di tutti i vostri crediti. -
- Davvero? - fanno più voci in coro.
- Senz'altro, mi è dovuto. Faccio o non faccio un'attività che porta lustro al mio paese, svolgo o non svolgo un compito di diffusione della cultura, mi impegno o non mi impegno affinché emergano i veri valori dello spirito, mi spendo o non mi spendo per far sì che i giovani non si droghino per strada, non si ubriachino nelle discoteche, non si facciano riempire la testa di cazzate da film spazzatura, eccetera eccetera? -
Eccetera eccetera! gridano tutti in coro ricoprendomi di pacche sulle spalle - qualcuna anche fin troppo violenta, a dir la verità, come ad ammonire: bada, ci manca poco che ti becchi un paio di schiaffoni di quelli veri. Scappellotto più scappellotto meno, mi sento comunque una specie di condottiero, alla testa di un'armata di creduloni, vestito e truccato da pagliaccio - che sarebbe il mio costume di scena, l'unico rimastomi per non andare in giro in costume adamitico... Beh, messo così credo proprio di non fare una maestosa e regale impressione, infatti al mio grido di battaglia *Tutti con me, tutti insieme al ministero!*, vedo che le fila si rompono, si assottigliano e alla fine resto solo io con un papiello di fatture inevase, ingiunzioni, diffide e

quant'altro che i creditori spazientiti mi hanno infilato per ogni dove.

Mi incammino verso il Ministero dello Spettacolo, non posso pagarmi un biglietto dell'autobus, figuriamoci un taxi. Conciato così poi quale tassista mi prenderebbe su. Casomai un'ambulanza della Croce verde, quella dei pazzi. E come un matto comincio a rimurginare strada facendo. Il teatro, il Teatro con la maiuscola, è come una malattia infettiva: te la attaccano gli altri, non c'è nulla da fare. Basta uno starnuto, un colpo di tosse, un sospiro e ti entra dentro come un virus inguaribile, inestirpabile, resistente a qualsiasi tipo di antibiotico, medicinale, pozione, soluzione, preparato, composto o uguento. Circola liberamente nel sangue aggredendo prima i gangli nervosi, quindi gli organi principali, poi il cuore e infine risale al cervello impadronendosi dell'apparato neuronale. Si finisce per vegetare in uno stato perennemente febbrile di alterazione emotiva simile ad un furioso innamoramento dal quale non c'è speranza di accontentarsi di una carezza o di qualche innocente bacetto: bisogna andare al sodo!

- Quindi si rassegni - mi condanna a questo destino di perdizione e annullamento della ragione l'omino pelato in divisa di usciere che sta per protocollare la mia richiesta di finanziamento presso il Ministero dello Spettacolo, il MIPUSPET per dirlo con un acronimo, brandendo nel pugno alzato un timbro a secco con cui minaccia di menar colpi alla rinfusa come.

Mi sono infatti deciso a presentare un'istanza di sovvenzione per proseguire la mia attività teatrale, ma l'atteggiamento del personale addetto a ricevermi, nella

fattispecie una larva d'uomo che di teatro e di arte ne sa
quanto io so di astrofisica, non mi fa ben sperare nel buon
esito della domanda. Che ho dovuto peraltro compilare
perdendo un mucchio di tempo, presentando un sacco di
scartoffie, riempiendo una montagna di moduli, allegare
non so quanti documenti, ricevute, fotocopie, attestati.

La mia odissea merita però di essere raccontata. Come
sono finito a mettermi nelle mani di questo *homunculus* che
crede di poter esercitare una qualche forma di potere solo
perché gli hanno calcato sulla zucca uno sdrucito cappello
con visiera?

Arrivo alla reception h.11,05 due donne parlottano al di là
del vetro, dopo un po' fingono che non si erano accorte
ed una si avvicina al vetro divisorio, non faccio in tempo a
parlare che gli squilla il telefono e si allontana, dopo 2/3
minuti la collega finge di non aver visto che l'altra si è
appartata e parlotta fittamente, prima ancora che io apra
bocca mi chiede un documento di identità. Dopodiché
riesco a spiegargli il motivo della mia visita, non mi fa
nemmeno finire e mi invita a recarmi al 2° piano presso
l'ufficio istanze. Al 2° piano in un lungo corridoio dove in
ogni stanza ci sono almeno due impiegate che parlano
concitatamente tra loro non trovo l'ufficio in oggetto,
allora timidamente busso alla porta di una stanza dove ci
sono altre donne che parlano di cose loro. Subito mi
dicono di andare al 3° piano. Al 3° piano stessa identica
storia, un diffuso cicaleccio femminile ma una di queste
signore con fare materno mi conunica che l'ufficio che
cerco è in effetti al 2° piano ma nascosto da un armadio
divisorio. Ridiscendo al 2° piano sempre a piedi perché

135

l'ascensore per il pubblico è guasto, funziona solo quello dei dirigenti e funzionari. In effetti da una porta socchiusa vedo due vigili in borghese e una scritta col pennarello che mi conferma che trattasi proprio dell'ufficio che cercavo. I due non mi accolgono in modo entusiastico, poi quando gli dico che proprio i loro colleghi mi hanno indirizzato colà, diventano quasi affabili però.... Eh, però l'ufficio protocollo è al piano ammezzato. Dopo un toruoso corridoio trovo un'altra scritta a penna su un foglio lercio fissato con nastro adesivo, è praticamente illeggibile. Dentro la stanza ci sono quattro persone, due donne che parlano tra loro (credo che farsi i *fatti propri*, come si dice a Roma, sia un ordine di servizio), un tipo davanti ad una macchina da scrivere Olivetti anni 70 che batte i tasti moltoooo lentamente ed un impiegato che legge il *Corriere dello sport*. Il quale ascoltato, bontà sua, il mio problema mi comunica tronfio ed anche un po' indispettito per l'interruzione dell'amena lettura che queste richieste devono essere presentate alla portineria, cioè al pian terreno dal quale sono entrato poco prima.

Così mi ripresento all'usciere.

- Gira e rigira - sorride vedendomi di ritorno - tornate sempre tutti qui, al punto di partenza. -

- Lei sarebbe il punto di partenza o quello di arrivo? O magari il binario morto? - faccio lo spiritoso.

- Dipende - risponde con una smorfia che mi fa capire i rapporti di forza tra noi due.

- Scherzavo - cerco di riparare all'errore di aver sottovalutato il suo potere e il significato del cappello militaresco con la visiera.

Sorride, soppesa il mio incartamento. Mi lancia uno sguardo ironico cme a dire: tutto qui? Si solleva con un dito la visiera calata sulla fronte sudata, mi accorgo che fa un caldo bestiale. I caloriferi sparano calorie come vulcani in eruzione. Un foruncolo enorme sulla tempia sinistra sembra un bernoccolo o il corno di un fauno. L'*homunculus* ne ha uno pure sulla destra che mi si rivela quando si gratta anche dall'altra parte. Saranno mica corna? Sarò mica finito all'inferno ancor prima di crepare? O sono già morto, almeno all'ordine del MIPUSPET l'acronimo del Ministero dello Spettacolo da cui posso pure smettere di aspettarmi qualcosa?

- Lei è malato, sa? Gravemente malato della peggior malattia del mondo: il teatro. Un bruttissimo avvelenamento dello spirito, mi consenta. -

- Non capisco - lo invito a spiegarsi senza tanti giri di parole. Del resto non sono venuto sin qui per sentirmi preso in giro né ascoltare le sue filippiche, arringhe e sermoni varii.

- Lei coltiva la vana speranza di poter ottenere la sua medicina, il suo elisir, il suo antidoto, un modesto placebo sotto forma di un modesto versamento di pecunia sul suo conto corrente, che possa apportare nuova linfa vitale alla sua risibile... sì, me lo lasci dire, risibile e invisibile (perché nessuno, ma proprio nessuno la conosce) attività teatrale. Ma, ammesso e non concesso che le riconoscano un premio di produzione, lei in realtà sa cosa sta facendo? - Scuoto la testa irritato da quelle subdole insinuazioni sul livello e qualità del mio impegno artistico. - No? Allora glielo dico io: lei sta firmando un vero e proprio patto col diavolo, amico mio! -

- Io?! -

- Senz'altro! Sta per siglare il certificato di morte della creatività e della sperimentazione di nuove forme espressive in campo teatrale. -

Insomma, costui si mette a sputare sentenze come se fosse il Capo del dicastero che deve esaminare la mia istanza. Ci manca solo che spunti un *nevvero* dalla sua bocca e siamo a posto, al completo, si chiude il circolo vizioso che accomuna tutti i teatranti in un unico mostruoso essere coi serpenti che si mordono tra loro al posto dei capelli. Tuttavia, più che una spaventosa Medusa tentacolare, il mostro con cui interloquisco pare un innocuo puffo da giardino. Una creatura che si nutre di ben altro veleno, un veleno mortale che si chiama *burocrazia*: con essa e non con lo sguardo incenerisce gli incauti richiedenti, come me, al MIPUSPET. Scommetto, anzi sospetto che abbia ricevuto un ordine perentorio: dissuadere, confondere, deludere, tagliare gambe e speranze!

- Lei è nuovo dell'ambiente, *nevvero!* -

E ti pareva! - Nevvero che? - lo sfido.

- Un modo di dire del nostro ambiente, vuol significare... -

- Lo so benissimo cosa vuol significare - alzo la voce. - Me lo sento ripetere da tutti, nevvero di qua e nevvero di là. Allora lo dico anch'io, nevvero, mi approprio dell'espressione perché faccio anch'io parte della casta, della lobby, dell'ambiente, del circuito, del giro, della partita, del mestiere, della *gang* o per esser più precisi del *carrozzone!* -

138

- Quindi è conscio del rischio che corre, nevvero? -

- Nevvero non lo so. Me lo dica lei. -

- La costringeranno in cambio di una miseria a rendicontare tutto, a perdersi in una giungla di conteggi e ricevute, fatture e scontrini, a contare le pause e i respiri, altresì ad adeguarsi ai loro criteri fiscali e di mera ragioneria che nulla hanno a che fare con la vera e libera arte. Anzi loro, i *burosauri,* ne sono i più ostinati nemici. Si smarrirà in un mare magnum di scatoffie, registri, moduli, rendiconti, permessi, autorizzazioni, licenze, dichiarazioni di agibilità, di responsabilità, di congruità, nullaosta, dichiarazioni dei redditi, modelli Iva, imposte, rogne fiscali... alla fine della giostra non caverà un ragno dal buco come artista. -

- Ho capito. Per la miseria, il suo compito è farmi desistere dal tentativo di ottenere un riconoscimento economico, tanto per recuperare le spese vive. Sa che le dico? Ha ragione lei, perché a teatro di vivo, di veramente *vivo,* ci sono solo le spese. Per questo si dice anche *spettacolo dal vivo,* per le spese sostenute per mantenerlo in vita e non certo per la contemporaneità di questo ammuffito e impolverato Tempio di Melpomene! -

- E chi è questa Melpomene? -

- La musa dell'arte drammatica, ignorante! -

Abbozza un sorriso e mi liquida facendo segno di spostarmi con un *avanti il prossimo.*

- Scusi - lo costringo a tornare a rivolgermi la sua attenzione - mi può almeno dire quando saprò qualcosa circa l'esito della pratica? -

Strabuzza gli occhi come un tacchino inseguito da una volpe: - Quale pratica? -

Mi sta prendendo in giro? - Quella che ha appena protocollato davanti a me, la mia, santo cielo! -

- Amico mio - fa in tono confidenziale - qui non si protocolla un accidente, bensì si archivia. La prassi è la seguente: per passare dall'archivio al protocollo la pratica deve essere attivata tramite l'istituto del *richiamo*. Che sarebbe in poche parole un interessamento da parte dell'ufficio competente che risponde al sovrintendente di sezione che dipende dalla direzione generale. Si raffiguri un edificio a diversi piani: come fa qualcosa che sta giù ad andare su? Glielo dico io: prende l'ascensore. Ma le chiavi dell'ascensore ce le ha solo il direttore generale. Proprio lui insomma deve richiamare la pratica dai piani bassi a quelli alti, dall'archivio al protocollo. Tuttavia ciò avviene non automaticamente come ingenuamente spera qualcuno, lei nella fattispecie, ma solo se e quando vuole colui che vuole e che soprattutto *puote*. Per questo si definisce *generale* il direttore generale. Lo dice anche Dante: *così vuolsi là dove si puote, e più non dimandare.* -

- E io invece domando, alla faccia di Dante Alighieri: come si fa a suscitare l'interessamento di colui che tutto *puote* quando vuole? -

- Semplice amico mio: interessandolo di persona. -

- E interessiamolo allora - taglio sbrigativamente - mi fissi un appuntamento. -

- Non c'è bisogno di appuntamento. Il direttore generale riceve tutti i venerdì presso il bagno turco del centro massaggi e *fitness* allocato proprio dirimpetto all'entrata di

codesto Ministero dello Spettacolo. Oggi è venerdì, quindi
si sbrighi se vuole intercettarlo per interessarlo fisicamente
prima che si interessi a qualche altra pratica più impel-
lente.-

Sono un po' sconcertato.

- Mi tolga una curiosità: si porta le pratiche nel bagno
turco? -

- Non le pratiche - mi fissa lancandomi un occhiolino
d'intesa - ma i praticanti. -

Gli si dipinge sul volto un sorrisetto malizioso che gli fa
assumere l'aspetto di una *Gioconda* poco leonardesca, senza capelli e coi baffetti, epperò assai eloquente, un'espressione che potrebbe significare tutto o niente, anzi che dice
tutto senza esplicitare nulla. Per carità, che il direttore
generale di un pubblico uffico riceva in costume adamitico
nel bagno turco di un centro massaggi privato gli aventi
causa durante l'orario d'ufficio, beh ragazzi miei!, potrebbe far insorgere qualche dubbio sulla correttezza e liceità
della procedura. Ma tant'è, in teatro bisogna sempre saper
fare buon viso a cattivo gioco. Del resto, adesso almeno
ho capito da dove deriva il termine *drammaturgo,* dal bagno
turco dove si svolge il dramma del finanziamento alle arti.
Allora si dovrebbe dire: dramma-turco!

Sembro proprio un turco con un telo candido che mi
cinge la vita, il petto villoso in bella mostra, un turbante
bianco sul capo. Entro nel bagno nudo procedendo a
tentoni circondato da una fitta nuvola di vapore che mi si
appicca addosso e mi fa gocciolare perline di sudore dalla
fronte negli occhi offuscati.

- Direttore? - mormoro per non disturbare il silenzio ovattato di quell'ambiente che pare un girone dantesco. Tale infatti mi si rivela all'improvviso quando scorgo due figure umane, probabilmente maschili, intrecciate sulla panca di marmo, per poi scomparire nel nulla come fantasmi. Dove sono finito - Signor Direttore Generale? - insisto con un tono di voce un po' più alto, stavolta per farmi udire più distintamente.
- Chi mi cerca? - tuona una voce dal fondo della nebbia.
- Chiedo scusa - sono intimorito - ma mi hanno suggerito di disturbarla qui per parlare della mia domanda di finanziamento. Sono un teatrante che... -
Non faccio in tempo a concludere la frase che vengo colpito da un ceffone che si abbatte piuttosto violentemente sul mio viso prendendomi alla sprovvista: - Buona questa, un teatrante! - e giù una crassa risata - nevvero!? -
Il *nevvero* si dissolve nel vapore umidiccio come la sagoma del mio schiaffeggiatore. Mi pongo sulla difensiva, dovesse arrivarmi un altro *nevvero* accompagnato da un altro sganassone. Mi sento picchiare sulla spalla, mi volto e *nevvero!* il secondo schiaffone si abbatte sulla mia guancia arrossata. Caspita è quel farabutto del'Istrione Allampanato che si sganascia dal ridere per poi rituffarsi nella nebbia. E mentre lo cerco, mi perviene ben distinguibile un altro *nevvero* sotto forma di calcio nel culo: a ridermi in faccia è nientepopodimenoche il Grande Critico anche lui vestito di fumo come il *Perelà* di Palazzeschi. Poi Mirtella non poteva mancare con un pizzicotto e l'Avvocato avvoltoio, e il barista, e gli spettatori con tanti *nevvero* e sonore sberle come un applauso da farmi girare la testa.

Manca solo Stefanino Pironzio che mi si era proposto come agente teatrale. Ma un *nevvero* più forte degli altri mi attesta con una testata che c'è anche lui. Che dolore! E poi il gabbiano che mi caca in testa e i flip, il canide feroce che mi addenta i polpacci.

Poi ancora botte e quanti *nevvero* tutti in una volta! Quanti applausi e battimani... mi fischiano le orecchie, o sono fischi reali come se fosse il pubblico a fischiarmi all'unisono. Sibili che mi feriscono i timpani, vergognosi fischi di un pubblico di merda, sì pubblico di merda! lancio un grido prima di perdere i sensi.

10.

Toc toc toc. Socchiudo lentamente le palpebre e scorgo un barlume di sole che quasi mi acceca. Sono seduto al volante della mia automobile. Intorno a me ha ripreso a scorrere il traffico. Toc toc toc. Qualcuno bussa al finestrino, è un uomo in divisa da vigile urbano.

- Circolare, circolare - intima - non lo vede che il traffico si è sbloccato? -

- Ha smesso di nevicare? - mi informo stropicciando gli occhi.

- Per fortuna a Roma non nevica quasi mai, ma quando la fa, la fa... nevvero? -

Sobbalzo sul sedile. Anche lui *nevvero?*

Accendo il motore e mi accingo a fare manovra per uscire dal parcheggio e abbandonare per sempre questo sogno, anzi questo incubo, questa maledizione infernale in cui sono sprofondato come un sonnambulo che cade in un burrone senza fondo. Ma la mia attenzione viene attirata da un manifesto di pubblicità teatrale col titolo della *piéce* della serata: L'INGENUO SONO IO. E sono proprio io nel centro della foto contornato da tutti i personaggi di questa mia strana avventura che si ripete all'infinito come una freudiana *coazione a ripetere.*

POSTFAZIONE
di Fortunato Campanile

HYSTRYO (ovvero) MENTRE A ROMA FUORI
NEVICA di Enrico Bernard

Quattro piccoli libriccini[2], tanto per parafrasare Agata
Christie; quattro volumetti grandi quanto il palmo d'una
mano che raccontano una sola storia ai tempi d'oggi ma
che attraversa i secoli, e nonostante questo è sempre
storia-bambina. La prima cosa che mi incuriosì aprendo il
cofanetto che ebbi l'onore di ricevere da Enrico Bernard
fu il titolo: "Mentre a Roma fuori nevica" è degno di un
cartellone a Broadway o di un film in bianco e nero, i
colori tipici dell'Alta Classe e della Finezza più ricercata. E
già il titolo suggerisce azione; un dinamismo dal sapore
misterioso e ovattato tipico della neve; già mi fa pensare
che leggerò di accadimenti dal sapore magico, surreale.
Perché? Ma perché è così che è la neve, a Roma! E
quando scende, la neve, lenta e silenziosa e quel silenzio
vien giù con lei coprendo e attutendo tutto par proprio di
entrare in un'altra dimensione.
Un'altra caratteristica che mi sovviene agli occhi è che
ciascun libriccino si presenta di colore diverso: ve n'è uno
blu; uno giallo; uno rosso e uno verde. Questa cosa mi
incuriosisce e, non ne so il motivo, ma la mia mente va
veloce sull'arcano così ne cerco subito una spiegazione

---

[2] La prima edizione è uscita a puntate suddivisa in quattro pubbli-
cazioni periodiche in occasione delle festività.

New Age, simbolica o simbolista che si vuole. Avrà pure una ragion d'essere. Sicuramente, mi dico, lo scoprirò solo leggendo (tanto per giocherellare ancora con gli accostamenti) e difatti mi accingo a leggere e m'accorgo di varcare la soglia di un'altra dimensione, onirica e visionaria; istrionica e grottesca come per Alice nel Paese delle Meraviglie. Sento, però, che non entrerò fra quelle pagine ma è mia intenzione restare sull'uscio di quello stargate come uno spettatore all'ultima fila, a guardare per non disturbare la storia e i suoi personaggi, lasciando che tutto si svolga e che per me cada alla fine il velo di Maya. Si è in piena estate, capirò fra le righe, eppure la neve abbondante che alla prima pagina inizia a cadere fra le strade di Roma ha dell'alchemico... e a me fa da sipario.

L'apatico commesso viaggiatore, per dirlo con Miller, protagonista suo malgrado (Homo communis più pantofolaio e dedito alle amenità che alla Cultura) preso di sorpresa e senza ombrello cerca riparo e lo trova nell'ultimo posto in cui pensa di trovarlo, avvezzo lui per deformazione professionale più a caffè, ristoranti e trattorie che a biblioteche; lo trova proprio in un tempio della Cultura. Il piccolo teatro dall'altro lato in fondo all'isolato con la luce del suo foyer pare chiamarlo; pare aspettare proprio lui. Tutta intorno Roma è felpata di neve che attutisce suoni e pensieri. Tutto pare fermo come nel sogno del prof Borg in "Il posto delle fragole" (1957); al contrario quel piccolo posto in fondo alla strada sembra vivo, animato; la sua luce una calda fiammella di speranza. Per lui però si rivelerà più fiammella pentecostale di Consapevolezza, una sorta di Magia del Sé.

Vi entra. Ma nel momento stesso in cui la porta dell'ingresso si richiude da sola alle sue spalle, cade in frantumi la quarta parete e comincia un rito iniziatico. Per me, in verità, la quarta parete è già caduta alla prima pagina ma per lui che da persona comune è destinato a diventare al contempo personaggio e attore di se stesso inizia una sorta di processo che a me ricorda "La più bella serata della mia vita" (1972) con Alberto Sordi, la bella Janet Agren e la regìa di Ettore Scola.

Anche il suo, secondo me, può esser letto come un processo, che il Teatro fa a chi ha la colpa di averlo dimenticato, a chi non lo frequenta, a chi non lo conosce favorendone così l'isolamento, l'abbandono, l'oblìo. Nel buio di quella piccola cavea al chiuso, nel silenzio di quella sala vuota dove le fioche luci sembrano stelle, accompagnato dalla suadente giovane Mirtilla lui siede alla poltrona numero sette ma subito cade in un sonno catartico e tutto ha inizio: la sala si riempie misteriosamente di un pubblico senza volto, non identificabile che la mia immaginazione evoca in Bergman; sul proscenio compare una strana maschera che lo coinvolgerà in una avventura assolutamente surreale, con bislacchi personaggi accomunati dall'usare tutti la locuzione "nevvero". Questo insospettisce il nostro ingenuo protagonista e in effetti dall'Istrione Allampanato, all'ammaliante Mirtilla, al Grande Critico, all'Agente teatrale che vuol comprare la sua voce come un diavolo vuole l'anima, paiono la stessa persona. E lo sono una sola persona, sono tutti i volti del Teatro per un duello alla pari: Teatro Vs Ingenuo. In un confronto fra soggetto e oggetto non più distinguibili.

Ingenuo sì, perché un attore che si dica tale non può vendere al miglior offerente lo strumento del suo lavoro, la voce della sua Coscienza, la voce della sua stessa esperienza e della sua propria consistenza; e la voce perché no del suo sostentamento. E l'Ingenuo della storia ha per protagonista nella messinscena proprio se stesso, a sua insaputa come il protagonista di Von Chamisso. Ma come per Peter Shlemihl questa sua mancanza di esperienza, questa ingenuità nel senso latino non di purezza ma di crescita, di vissuto; questa innocenza presunta o vera; per comodità o semplicemente innata diviene una colpa in quanto non si può dirsi attore o protagonista senza azione, e il Teatro cos'è se non atto.

Nel Teatro, racconta a mio parere Bernard, non è previsto il personaggio dell'Ingenuo. E in ogni caso non quello di Von Camusso ma piuttosto vicino al Candido di Voltaire. Il Teatro è Passione, Crescita, Immedesimazione, Conoscenza, Lotta, Dolore, Amore. Un enorme mulino di Grandi Speranze.

Ma quello che abilmente fa Enrico Bernard in realtà è l'uso dell'escamotage, nel racconto, per un vero e proprio discorso sul Teatro e la sua storia e lo fa, dall'alto della sua grande esperienza di studioso, Critico e Commediografo con la rottura di quell'acqua miracolosa che è la quarta parete, portando il protagonista in quella specie di matrioska che è il Teatro nel Teatro: due concetti già noti ai drammaturghi classici, greci e latini sino a Tieck e lo stesso Pirandello (come Bernard stesso precisa in una sua intervista).

Così alla fine pure io posso azzardare una spiegazione alla ragione di quei quattro colori: essi riassumono tutta l'Arte e il carattere del Teatro, ne rappresentano simbolicamente la complessa e strutturata personalità. Come i protagonisti di "Mentre a Roma fuori nevica": seducente, empatica, ammaliante, affascinante come Mirtilla. Emozionante, introspettivo, voce interiore come il Grande Critico. Solare, creativo, mai falso, stimolante come l'Anfitrione. Allampanato. Semplice come l'Ingenuo ma anche oltremodo ipnotizzante come l'Agente teatrale.

Finto ma mai falso lo descrive Gigi Proietti. Di forte temperamento, dico io, capace di attraversare i secoli e conoscere la polvere di ogni epoca ma sempre giovane per lanciarsi avanti.

Il Teatro è eterno ma abbandona chi lo abbandona.